诗经的读法

SHIJING DE DUFA

刘龙勋 著

华夏出版社
HUAXIA PUBLISHING HOUSE

图书在版编目（CIP）数据

诗经的读法 / 刘龙勋著 . -- 北京：华夏出版社有限公司，2024.5
ISBN 978-7-5222-0649-3

Ⅰ．①诗… Ⅱ．①刘… Ⅲ．①《诗经》－诗歌研究－中国 Ⅳ．① I207.222

中国国家版本馆 CIP 数据核字（2024）第 025653 号

诗经的读法

作　　者	刘龙勋
责任编辑	赵学静

出版发行	华夏出版社有限公司
经　　销	新华书店
印　　装	三河市少明印务有限公司
版　　次	2024 年 5 月北京第 1 版 2024 年 5 月北京第 1 次印刷
开　　本	710mm×1000mm　1/16
印　　张	15.5
字　　数	190 千字
定　　价	58.00 元

华夏出版社有限公司　地址：北京市东直门外香河园北里 4 号　邮编：100028
网址：www.hxph.com.cn　　电话：（010）64618981
若发现本版图书有印装质量问题，请与我社营销中心联系调换。

目录

《诗经》学总述 001
- 《诗经》中的古今异义 003
- 历代《诗经》学 005
- 对历代流行学说的检讨 020
- 《诗经》的篇目与六义 026
- 孔子删诗属实吗？ 028
- 《诗经》中诗篇的作者 029
- 《诗经》的句式 030
- 《诗经》的创作年代 031
- 《诗经》时代的文化圈 033
- 《蒹葭》的读法 034

国风·周南 041

关雎 043
葛覃 059
卷耳 067
樛木 076
螽斯 080
桃夭 084
兔罝 088
芣苢 092
汉广 096

国风·召南 105

鹊巢 107
采蘋 112
甘棠 116
羔羊 120
摽有梅 125
小星 128
江有汜 133
野有死麕 137
何彼襛矣 146
驺虞 150

国风·邶风 155
　　柏　舟 157
　　凯　风 164
　　匏有苦叶 170
　　谷　风 177
　　静　女 184
　　新　台 188
　　二子乘舟 191

国风·鄘风 195
　　柏　舟 197
　　桑　中 201
　　相　鼠 208
　　载　驰 210

国风·卫风 215
　　淇　奥 217
　　硕　人 222
　　氓 229
　　伯　兮 235

《诗经》学总述

《诗经》中的古今异义

谈《诗经》之前,有必要先提示一下,《诗经》中有一些用字、名词与礼仪规范同今天不太一样。

木　瓜

投我以木瓜,报之以琼琚。匪报也,永以为好也!
投我以木桃,报之以琼瑶。匪报也,永以为好也!
投我以木李,报之以琼玖。匪报也,永以为好也!

(选自《诗经·卫风》)

《木瓜》这首诗,想必大家都很熟悉。其中"投我以木瓜,报之以琼琚"中的"琚"是美玉,"投我以木桃"中的"木桃"其实就是桃子,之所以加上"木",是为了与前文相对应,这体现了诗歌的娱乐性与趣味性。接下来是"报之以琼瑶",作家琼瑶的名字就是由此而来。这首诗又涉及"苞苴之礼",所谓"苞"就是用草把鱼肉等包住,以防在赠予他人时损坏;而"苴"就是在赠品下面垫一些茅草,相当于我们今天所用的塑料制品、海绵之类。本诗谈的就是这种礼仪,体现了人际交往中的规范。这里需要提示的是,诗中的"木瓜"与我们今天的木瓜不太一样，它是一种灌木木瓜，可见《诗经》中的一些物品与今日有所不同。

又比如《诗经》创作的时代没有玻璃，就用铜镜来自照，这种制作工艺在当时是较为先进的，体现了古人对金属特性的掌握。郭沫若在1952年重印《甲骨文字研究》时，于序文中承认，他在二十多年前将商周社会视作原始社会末期的观点是错误的，但现在仍有很多学者受到这些错误观点的影响。其实，《诗经》时代的社会并不原始，它在某些方面非常值得我们欣赏。

历代《诗经》学

周朝人为什么要读《诗经》？

第一，是为了教人识字。此外，人们还要学习基本的礼仪，比如家庭中夫妻如何相处，如何维护基本的人际关系，这都属于基础教育的范畴。第二，可以对风土民情有所了解。各地区的情况不尽相同，读《诗经》可以使人认识大自然中的草木鸟兽与生态状况。第三，古代没有医学系，读《诗经》可以使人掌握医学常识。因为古代男子要上战场，所以了解一些急救药材是十分重要的。第四，《诗经》可以教人看懂基本星座，比如方位、月份，还有时间，古代没有时钟，人们可以通过星座的位移来判断时间。第五，读《诗经》可以潜移默化地改变人的气质，使人显得温柔敦厚有教养。第六，可以培养职业技能，比如看公文、写公文，并教人在朝聘、盟会之类的外交场合以诗言志，借助点歌来表达自己内心的想法。具备了这些职业专长，就可以进行社会服务了。

秦汉时期《诗经》学的发展

《诗经》学的主要流派

《诗经》实际上很难读通,因为自从汉朝政局稳定以后,直到八九十年后的汉武帝时期,仍然没有学者能将《诗经》从头读到尾。《汉书·楚元王传》记载,汉武帝时,在邹、鲁、梁、赵等地出现了一些专书的"先师",也就是专门读懂一本书的人,比如《诗经》或《书经》。这些先师都是在建元年间出现的,建元是汉武帝的第一个年号,也是中国历史上的第一个年号。这时"一人不能独尽其经",没有一个学者可以把一本经书读完、读通。

又如《汉书·艺文志》记载,在东汉时期的班固看来,《鲁诗》《齐诗》《韩诗》"咸非其本义",也就是说,这三家的讲解都不符合《诗经》的原貌。若是非要在其中挑选一家比较理想的,就只有《鲁诗》勉强符合要求。汉朝人都难以揭示《诗经》的本义与真义,今人当然更是如此,所以我们在此必须提示,《诗经》确实是很难读懂的。

根据《汉书·儒林传》的记载,鲁国的申培以《诗经》解读为专长,他为《诗经》做注解时,主张"疑者则阙",即存在疑问的地方就不去注释,可见此人态度之严谨。

同样,《齐诗》的代表人物辕固也具有很严谨的研究态度。汉武帝时曾召集过很多优秀的学者,辕固也在其列。当时只要进入朝廷,就有当官的机会,所以入选者往往互相竞争,甚至彼此排挤。辕固当时已经九十多岁了,而公孙弘年纪很轻,辕固知道公孙弘前途一片光明,就提醒他要"正学以言",端正学术,而不要"曲学以阿世"。古人多次以乌龟壳占卜,然后对数据进行累计,《易经》就是对数理统计结果进行归纳的产物,它与我们今天实际的人生是无关的。但普通大众不了解这一点，用《易经》来算命，这就属于"阿世"，即阿谀讨好、迁就世人的偏好，这种态度是不够理想的。

《诗经》的文本只有两种写法，一种是隶书，另一种是大篆。《毛诗》是用古老的大篆书写的，不是汉朝当时流行的隶书，所以叫"古文经"。所谓古文，又称"蝌蚪文"，它是用竹棒蘸着油漆写在竹简上的，因为油漆有黏性，写出来的字头大尾小，形似蝌蚪。《齐诗》《鲁诗》《韩诗》则都是用隶书来书写的，所以叫"今文经"。西汉的《诗经》学主要就分为这四家：《齐诗》《鲁诗》《韩诗》与《毛诗》。

后来还在安徽阜阳的古墓中发现了汉简，这在历史上并没有记载，表明当时可能还有其他流派，但历史上流传的今文经主要就是前面三家。阜阳汉简是夏侯婴之子的随葬品，大约是在汉文帝十五年前写成的，它与齐、鲁、韩三家今文经和《毛诗》在有些地方存在差异，在每首诗前还有所谓的"诗序"，用来解释每首诗的大意或主题，这是汉朝《诗经》学的一般性做法。

我们读《诗经》会涉及所谓"隶变"的问题。文字在从金文演变到隶书的过程中会产生一些变化，像"日""月"等字变化不大，但像"诱"字的变化就比较大，并且隶变的过程中还有一些字被取代，比如"牖"字后来都改写作"诱"，这种借代字的出现可能会引发不同的解释。"牖"的本义是旁窗，也就是开在墙壁上的窗户，与开在屋顶的"窗"有别。《大雅·板》中有一句"天之牖民"，《毛传》解"牖"为"道"，也就是领导、引导的意思，所以郑玄解释为"王之道民"，国君要领导老百姓。唐朝孔颖达的《毛诗正义》说，"牖"与"诱"通用，所以可以解释为"导"，后来很多书中的"牖"字也都改写成了"诱"。但这样便会产生歧义，"牖"字显然有在旁边引导、给予光明的意味，而"诱"则容易让人产生"引诱"等负面的联想。这类在隶变中产生的一字多解的情况是需要留意的。

隶书与古文的差异是如何产生的呢？主要是因为秦始皇当年的焚书政策。为了统一文字，最简单的办法就是把东方六国现有的文字烧光，《诗经》《书经》等都以秦国版本为准，保存在皇宫中，私藏者皆按"挟书律"治以重罪，这项严酷的法令直到汉惠帝时才废除。"古文经"来自鲁壁，秦朝下令焚书时，孔子的九代孙孔鲋认为孔子有传经的功劳，不应该把祖先的这些书烧掉，于是就私自将其藏入墙壁之中，并用砖头砌起来。他害怕泄露消息，不敢将此事告诉子孙，后来逃到了嵩山。到了汉武帝时期，汉景帝的儿子鲁恭王喜欢赛马，他觉得马场太小，打算将其拓宽，下令拆掉旁边孔子的老家，这才发现了墙壁里面藏的书籍。

汉景帝的另一个儿子——河间献王刘德，喜欢读书，河间在今天河北省中部一带。刘德在搜集图书方面甚至比朝廷还努力，他重赏献出家中古书的老百姓，得到后便命人照抄一份，然后把原本留下，将抄本送还对方。他通过这种方法，搜集了很多古书，据说与朝廷的藏书数量不相上下。

刘德收集的书籍里就有所谓的《毛诗》，它主要来自大小毛公。大毛公叫毛亨，是荀子的学生，他的学生毛苌称为小毛公，担任河间献王的博士。博士在当时是一种官职。关于《毛诗》的流传，晋朝的陆机曾有描述：孔子传给卜商（也就是子夏），卜商传给曾申，曾申传给李克，李克传给荀子，荀子再传给大毛公。过去没有人看重陆机的描述，认为他的说法并不可靠，但今人则相信了陆机的这种说法，因为出现了别的参考资料。子夏当过战国时期魏文侯的老师，今天的《毛诗》可能就是他传下来的，而他的后学李克曾在中山国进行过统治。20世纪70年代，中山地区曾发掘出很多铜器，鼎上刻有"其会如林"等《诗经》上的原文，这表明中山地区受《诗经》的影响很大，学者们因而相信了陆机的说法的可靠性。

《诗经》序文

再来看看有关《诗经》序文的问题。上海博物馆搜集了一套战国时期楚国的竹简，因为它流传于楚国，具有地域性，所以其文字十分难读。其中有一篇《孔子诗论》，与后世流传的《毛诗序》存在很大的差异，著名学者李学勤认为这不太可能是子夏本人的作品。总之，上博竹简的《孔子诗论》是我们今天研究《诗经》颇有价值的参考资料，其所讲未必全部正确，但有些地方是十分精要可靠的，可能保存了孔子留下的一些精华。《毛诗序》有"大序"与"小序"的区别，大序是全书的总序，位于《关雎》之前，小序则位于每一首诗的前面，学者对此有各种说法。以《周南》为例，从"关雎后妃之德也"到"用之邦国焉"属于小序，大序的文字则很多，一直延长到后面，再后面才是"关关雎鸠，在河之洲"的正文，这是教科书的标准排布。以上就是《诗经》的序文情况。

各家《诗》的特色与命运

三家诗中的申培十分重要，他是西汉时期的鲁国人，在秦朝时向人学习过《诗经》，但因为秦始皇下令焚书，所以学业没有完成。汉朝建立后，他听说老师在长安，便赶到长安跟随老师完成了学业。申培所传的《鲁诗》以平实著称，不取巧，主要流传于山东鲁国一带。《鲁诗》大约是在战乱频繁的西晋时期失传的。

《齐诗》流行于齐地，相当于山东北部与河北东南部，其重要代表人物是辕固。《齐诗》的特色是喜欢掺杂阴阳五行，附会一些比较怪诞的说法，这是山东地区特殊的环境导致的，比如这里自古以来就时常出现海市蜃楼一类的奇观，齐人因而容易相信这些说法。《齐诗》

是三家诗中最早失传的，约在曹魏时期。据说曹操很忌讳阴阳五行一类的讲法，怕有人以此煽动老百姓作乱，于是他便把全国擅长阴阳五行的方士集中管控起来。当时疾病流行，曹丕的《与吴质书》中有"徐陈应刘，一时俱逝"的说法，学者们可能集体感染了流行病，导致了《齐诗》的彻底失传。

《韩诗》传播于河北地区，其代表人物是韩婴，它的特殊之处在于，用讲故事的方式来讲解《诗经》。《韩诗》本身虽已失传，但《韩诗外传》还保留着，它多以讲故事的形式来解释《诗经》中的句子，满足一般人喜欢听故事的心理。《韩诗》流传到北宋才失传。

《毛诗》的特色在于用序来说明一首诗的大意，而且注重政治教化，认为政府应该教导百姓，让社会风气变得淳朴，这就是所谓的"《诗》教"，不仅要端正风俗，还要端正每个人的性情。这样做会导致学者用《诗经》来规劝政治上的缺失，将其当作谏书。《毛诗》还善于比附历史，将每一首诗的创作都归于某位国君的统治之下。此外，《毛诗》注重名物，注重解释事物的名称与形状，所以它比三家诗更加平实，这也是唯有它能流传到今天的原因。

郑玄《诗经》学中的谶纬之学

《毛诗》的重要代表人物就是郑玄，他是山东人，曾是太学的学生。太学的课本是用当时的文字所写，所以他读的是今文，学成回家后才开始学习《韩诗》与古文。后来，郑玄发现函谷关以东再也没有大学者了，没有人能够当他的老师了，于是他就去了关中，拜当时颇负盛名的马融为师，但马融三年来从未教导过郑玄，都是通过助教来间接教导他。后来，马融听说郑玄学问很好，尤其擅长天文与算术，就找他来谈话，发现他的学问是所有学生中最好的，于是确认他可以毕业。这就是郑玄读书的经过。

郑玄晚年虽然遭遇了党锢之祸，但他专心著述，可谓集两汉经学之大成，是汉代著名的通儒。郑玄在后世很受重视，很多地方都建有他的庙宇和祠堂。

郑玄《诗经》学的一个特色是，他先学《鲁诗》，学成后学《韩诗》，最后入关中向马融学《毛诗》。他先有今文经的底子，再学古文经，同时又攻读《周礼》，将《周礼》与《诗经》结合在一起，这已经是当时很多学者做不到的了，而他最后又引入了谶纬迷信的元素。

东汉皇帝为了巩固皇权，提倡谶纬迷信，像张衡这种有科学观念的学者不接受，其结果就是一生受挫，郑玄接受了这套说法，还将其编入自己的书中，所以他的书在当时很受欢迎。郑玄是当时"补习班"的名师，只要用他的教材去参加太学入学考试，就可以取得高分。所谓"谶"就是灵验，在事情尚未发生时，有些野心家或方士会编造一些隐语或预言，甚至还会画图，叫作"图谶"。"纬"是与"经"相对的，因为儒家有所谓"五经""六经""七经"乃至"九经"之类，方士们为了与儒家抗衡，就假借孔子的言论，针对《诗经》编造《诗纬》，针对《书经》编造《书纬》，乃至编造《易纬》之类。这些书本身都是小册子，虽然体量不大，但其中不无真实的材料。

根据一些天文学者的研究，纬书中提到的天文知识确实有些得自上古的秘传，这也是这些书籍能够在汉朝流行一时的原因。《史记》记载汉高祖刘邦时常逃亡，有时会躲在山中，有人就问刘邦的妻子吕雉："你丈夫躲了起来，你怎么送饭给他吃呢？"吕雉就答道："刘邦所在的地方，空中会有不同的云气。"当时很多人因此相信刘邦是真命天子。东汉的《汉官仪》记载，光武帝去泰山封禅时出现了白气与青气，白色是吉祥的颜色，所以有人就说这些都属于所谓的"天子气"。

司马迁在《天官书》中对星象与人类前途的关系多有讨论，像汉朝建立的时候就有很多吉兆，比如"五星聚于东井"，"五星"指金、木、水、火、土。相反，日月星辰也会显露出坏的预兆，比如日食、月晕与彗星，彗星的出现通常意味着兵灾与天下大乱。另外还有所谓的"阴阳气"，也就是阴阳二气所表现出的吉凶之兆，比如虹与霓，虹一般是正面的，霓则是颜色排列顺序倒过来的虹，被认为是凶兆，大气结构的问题昭示着世界的混乱与异常。此外，据说伏羲氏要称王时有龙马驮河图的现象，大禹要称王时有神龟驮洛书之类的现象。

班固在《汉书·五行志》中引用了《易经》"天垂象"的说法，即上天会利用天空中的各种现象来预兆吉凶。汉代大学者董仲舒是汉武帝的老师，他对天人感应很有兴趣，认为应当仔细地观察上天与人之间的互动关系。在他的提倡下，方士们捏造了所谓的"五经纬""六经纬"或"七经纬"，这些纬书中有一些真正保存了上古时期的记载，真伪参半，并不容易辨别。后来这些纬书逐渐变成了西汉时期野心家争权夺利的工具，比如西汉将亡之时，王莽就利用谶纬之学声称自己即将称帝，后来果然获得了成功。光武帝刘秀称帝前同样早有预言，他随后将八十一篇谶纬定为法定的经典。接下来，刘秀的儿子汉章帝召集国士学者们在白虎观讲解"五经"的异同，并将谶纬之说加入其中，当时的记录者班固据此写成了《白虎通义》。这本书有其政治目的，即将经书与纬书混杂在一起，让经学谶纬化，从而巩固刘秀所建立的政权，这使得东汉时期形成了浓重的谶纬风气。匡衡等学者彻底接受了皇帝的这套说法，因此可以顺利地一路升官，不迷信的张衡等人就始终无法升官。因此，郑玄只好顺从皇帝的政策，将谶纬引入《诗经》，这是我们在研究中需要留意的。

唐代《诗经》学的发展

汉朝末年天下大乱，南北分裂，直到唐代才重新实现长久的统一。唐代《诗经》学的最大特色，就是完全遵循郑玄的说法，因为他们自认为学问比不上郑玄。他们搜集了大江南北最好的《诗经》注解，划分出南学、北学，并集其大成，其代表作就是孔颖达的《毛诗正义》。此书并非一人所作，而是来自一大群学者的综合搜集与结论，最后挂名主持者是孔颖达。

唐代较能自出机杼的学者是成伯玙，他著有一本小书《毛诗指说》，书中以怀疑的眼光认定大序是子夏所写，故可参考，但小序都是由后来的弟子如毛公等所写，子夏只是对其首句加以剪裁，因此不可信任。成伯玙指出了《毛诗序》中论断不均、言不成理的问题，这种观点开启了宋代怀疑的风气。总而言之，郑玄的说法在唐代是绝对的主流，其代表作即《诗经正义》，成伯玙这种怀疑的眼光则非常罕见。

孔颖达是北方人，本身就通"五经"，而且对南学、北学都有深入的研究。他曾在隋炀帝时参加过宫廷的学问研讨，表现最为突出，所以遭人嫉妒，甚至有人要暗杀他。后来他依附于唐太宗，在李世民尚为太子时就担任秦王府的学士，所以在李世民即位后成了国子监祭酒，并负责经典整合的工作。这项工作并非由他一人完成，他留下了一个尾巴，但后人完成后还是挂了他的名字。

《毛诗正义》是经学统一时代十分重要的著作。第一，因为研究《诗经》最早要依靠《毛传》与《郑笺》，这些文本虽然最原始也很权威，但因为年代久远，一般人往往看不懂汉代的文字与术语，于是就有必要加以解读，《毛诗正义》就是对《毛传》与《郑笺》的注解。第二，书在抄写过程中会有错字，建立在其上的解释当然也会因此而有偏差。第三，有些学者可能会误会毛公与郑玄的说法。因此，《毛诗正义》就专注于这三方面的问题：注解《毛传》《郑笺》，纠正抄写的错误，并指出后代学者会错意的地方。

另外，为了纠正这些错误，孔颖达还会引用其他高明的见解。根据清朝《四库全书》的说法，他所采用的主要是刘焯的《毛诗义疏》与刘炫的《毛诗述义》。刘焯也是北方人，他是孔颖达的老师，在中国历史上首次推算出日月的不等速运动，订正了岁差的错误，被公认为天文学上的天才。刘炫同样是北方人，据说能够直视太阳而不伤眼，还能一心数用，一手画圆一手画方，同时用眼睛算术、用嘴巴朗诵、用耳朵听音乐，显然也颇为不凡。刘焯和刘炫当时并称"二刘"。

北宋《诗经》学的发展

欧阳修是北宋《诗经》学的重要人物，其相关著作是《诗本义》。在他看来，《诗经》中的作品直观上往往十分易懂，但加上毛公与郑玄的解释后反而变得难解了。这对一般人来说是共通的现象，比如人们在阅读"关关雎鸠"时很容易品出爱情的味道，《毛传》的解释却令人头昏眼花，欧阳修的说法则是站在一般人的立场上提出的。根据常理，《诗经》应该十分易懂，但常理不等于真理。再说，宋朝人眼中的"易懂"，与我们现代人眼中的"易懂"也不完全相同，因为存在着时代的间隔。

另一个重要人物是王安石，他的特点是用义理来解释《诗经》，其著作在当时是标准的教科书。所谓义理看似简单，一经他分析，却令人感觉混乱。以他对《蒹葭》开篇处的分析为例——"降而为水，升而为露，凝而为霜"，通过物理三态来探讨天人感应，用《蒹葭》

这首诗来讲科学,这种"以义理说诗"的做法对很多人来说是无法接受的。因此,虽然他的说法在宋朝的科举考试中必考,但今天几乎已经找不到全书,只剩下零星的记载传世。

苏东坡的弟弟苏辙著有一部研究《诗经》的著作《诗集传》,与朱熹的著作同名。他认为小序中只有第一句值得注意,后面的内容可以删除。唐代的成伯玙也是这种见解。

南宋《诗经》学的发展

南宋的《诗经》研究中的重要人物之一是郑樵,他有部著作是《诗辨妄》,他在书中攻击毛公、郑玄,认为他们的解释根本没有什么价值,并根据自己的观点重新解释《诗经》。这样说来容易,可做起来偏差就太大了,因为周朝与宋朝的时间间隔太长了。

朱熹也著有一部《诗序辨说》。他认为"大率古人作诗,与今人作诗一般",上古人写诗与宋朝人相同。其实二者存在很大的差异,因为宋朝的诗写出来不能唱,只有词才能配上音乐,按照词牌的固定唱法来唱。与此相反,《诗经》中的每一首诗都是可以唱的。

最特殊的是王柏,他是朱熹的再传弟子,其著作《诗疑》把朱熹所谓的"淫诗三十二首"全部删去了,朱熹从道学家的立场出发,将《诗经》中有关女性相对活泼的说法、做法与社交表现的诗一律打成"淫诗"。

不过,南宋也有一些很优秀的学者拥护毛公、郑玄,比如吕祖谦,他的著作是《吕氏家塾读诗记》。吕祖谦是吕蒙正的后世孙,因为有家教家学,所以他的学问自有传承。另外,学者严粲著有《诗缉》,他的许多观点都很突出,但因受到时代风气的限制,最后没有成功。

另外，在毛公、郑玄之外，还有拥护汉代鲁、齐、韩三家诗遗说的学派，这一派的贡献也很突出，代表性著作是王应麟的《诗考》。

我们重点来看看朱熹。朱熹"集宋朝理学之大成"，主要讲理和气。理是一个，气则分成阴与阳两个，这就是朱熹的"理气论"。朱熹的著作在元明时期地位是至高无上的，尤其是明朝，因为朱元璋找不到优秀的祖先，就宣称自己与朱熹有关。同时，朱熹在韩国、日本等东亚国家也产生了一定的影响，有所谓的"朱子学"。

朱熹研究《诗经》的代表作是《诗集传》，这也是宋代《诗经》学的代表作，其具有如下特点：第一，专就诗文本身来探求诗义，认为诗中文字提到的内容值得重视，未提到的则相对次要。这种做学问的方式主要是受孟子与欧阳修的影响，因为欧阳修在北宋时期官位很高，很受学者推崇。第二，偏于训诂，《诗集传》杂采毛公、郑玄，偶尔还会使用三家诗。第三，用字浅白，解说简练通俗。第四，用道学家的观点来做解释。第五，认为郑、卫两地之诗都是淫诗，这是因时代不同所导致的偏差。为什么偏偏是郑、卫两地呢？因为它们的地理位置比较特殊，位于交通要冲，经济蓬勃发展，男女交际相对开放，存在声色相对泛滥的现象。

元明清《诗经》学的发展

我们知道，元明两朝的《诗经》学是朱熹的天下。明代比较特殊的作品是何楷的《诗经世本古义》，这套书有很多册。何楷并不是大学者，而是一个财主。他为了在历史上留下痕迹，就花钱请很多学者到处搜集资料。学者们搜集到的资料很多，可惜缺乏一流的眼光，所以在整理上存在缺陷，比如依夏商周的顺序来排列《诗经》的篇目之类。不过，资料丰富的确是《诗经世本古义》的一个优点。

清代《诗经》学的主要成就产生于乾嘉之后，因为当时国家施行"文字狱"，一旦言论有差便会被抄家灭族，这让读书人十分害怕，他们专心阅读古书而避谈时政，所以在学问方面有了相当大的进步。这一时期的《诗经》学分为若干流派，第一派专门推崇毛公的说法，而认为郑玄在谶纬、阴阳五行方面存在偏差，其主要代表人物是陈奂与胡承珙。当然，毛公的学说在东汉时期被修改了，所以同样存在错误，不见得绝对可靠。第二派想要结合毛公与郑玄二者的优点，代表人物是陈启源与马瑞辰，尤其是后者的《毛诗传笺通释》有很突出的优点，是今人研究《诗经》的必读书。此外，魏源、陈寿祺父子与王先谦研究鲁、齐、韩三家诗，还有专门注重文学欣赏的，比如姚际恒、崔述、方玉润等。方玉润的《诗经原始》完全是文学本位，以文学批评的眼光研究《诗经》，偏差较大。

另外，还有以康有为为主的今文经学派，这一派的偏差更大，因为康有为本身就具有许多错误的观念。他从小就是所谓的天才儿童，因此责任很重，需要代表整个家族去读书，结果始终考不中举人，所以受到来自家庭的很大压力，这导致他对传统的家庭制度十分反感。后来他自行分析外国社会，建构了自己的理想国，甚至提出"共妻"等极端的观点。他的学问特色在于认为《毛诗》都是伪学，都是刘歆所伪造的，这一观点在当时很受欢迎，但今天已经被证明是完全错误的，刘歆、刘向做学问一丝不苟，不会对文本擅加篡改。康有为的学生梁启超以举人身份拜秀才为老师，颇为杰出，因此这一派在政坛上很受重视。

其他特立独行的学者还有顾炎武，此人讲究实学，在学问上有了新见解时先写下来不发表，一旦看到别人的说法与自己的见解接近，就把自己的文章撕掉，因为他认为这说明那些观点并无特色。因此，顾炎武的《日知录》中都是一般人想不到的观点，算是在一般水准之上的作品。

最后，历史学者王夫之亦著有《诗经稗疏》，惠栋著有《九经古义》，二人国学根底都很不错。王念孙、王引之父子在"之乎者也"等虚字方面多有研究，擅长归纳分析，著有《经义述闻》。

近现代《诗经》学的发展

民国时期的代表性学者——胡适，他的国学基础实际上不太理想，因为是师范学校毕业，之后留美时先学的是农学，后来才转到哲学系。胡适在1925年到武汉大学演讲，主题就是"谈谈《诗经》"。他提出了两条研究《诗经》的路径，第一条，使用新的训诂功夫，提倡以归纳比较的方法重新注解《诗经》的文字与文法，尤其关注虚字，站在了乾嘉学者与王氏父子的肩膀上。第二条，试图大胆推翻两千年来的附会，摆脱汉代经学与宋代理学传统的限制，完全以最新的社会学、历史学与文学的眼光分析每一首诗，同时还要借助欧美与日本学者的心得。

后来接替胡适在北京大学教《诗经》的是傅斯年，他是山东人，当时号称"小孔子"，国学基础非常扎实。他将胡适研究《诗经》的两条路子拆成了四条，第一条，在本文中求诗义，不超出一首诗之外；第二条，不管《左传》等古书怎么说，一切都以《诗经》本文来判断，除此之外都不相信，这是当时不得已的方式；第三条，厘清声音、训诂、语词和名物，名物就是六畜、六兽、六禽之类，比如要弄清《诗经》时代的牛羊都是哪些品种等，以求奠定《诗经》学的基础；第四条，少谈礼乐制度，因为当时没有人能将三礼从头研究到尾，根本无从下手。然而,《诗经》与礼乐密不可分,如果只读白话文,成就必然有限,因为难以知晓诗歌的创作目的。这一情形在近年已经得到了很大的改善,因为挖掘出了很多古墓,其中的东西对研究者帮助巨大。胡适手下有几位得力干将,傅斯年是其中之一。

另外,还有以《小说月报》主编郑振铎、钱玄同、顾颉刚等人为代表的疑古派,这些学者有关《诗经》的文章主要收录于《古史辨》第三册下卷。他们公认《毛诗序》是附会的,穿凿不通,研究《诗经》的第一要务就是将其推翻。他们还认为"孔子删诗"是无稽之说,《诗》与孔子并无关系,这些说法当然也存在偏差。这一派还运用西方民俗学与归纳法研究《诗经》,且只读白话文,与朱熹再传弟子的那种读法如出一辙。今日的考古学已经取得了长足的进步,如权威史学家李学勤编有《走出疑古时代》一书,他指出疑古派的很多观点都已被证伪,所以要走出那个年代。

顾颉刚一派被称为"古史辨派",或者"辨伪派",他以历史进化的观点大胆怀疑古人的学术,认为汉、宋学者都非通儒,而是腐儒。此外,认为《诗经》并无温柔敦厚之类的教化功能,并非圣人的经典或礼教。顾颉刚认为,《诗经》与今天的民歌是等同的,这主要是因为他当年在北京大学时就对民歌很有兴趣,自己搜集、整理了很多民歌,可称五四时期民歌方面的权威。他由此出发来研究《诗经》,但其实《诗经》与民歌的差别很大。顾颉刚的主要成就体现在《古史辨》中。

值得一提的还有闻一多,他是留美学生,在新诗上也很有成就,颇有新眼光、新方法。他将传统的考证、西方的民俗学与文学评论结合在一起,著有《诗经新义》《诗经通义》《风诗类钞》几部小册子。在抗战时期,学者们都逃难到西南联合大学,参考资料十分匮乏,所以闻一多做学问也很苦,著作的数量比较少,但因为他很用功,也善于思考,所以在当时影响很大。

对历代流行学说的检讨

下面我们以两句诗为例，来对历代的流行学说做一简要检讨。

《大雅·生民》描述了周朝人始祖的诞生，而这位始祖天生就与一般人不同。很多民族的传说中都有类似说法，比如《左传》讲楚国一族的始祖是云梦泽的老虎养大的，希腊悲剧中也存在几乎相同的传说。

《生民》所讲的是后稷诞生的神话，其中有一句"履帝武敏歆"。"履"作名词时指鞋子，作动词指踩、践。有人认为"帝"指高辛氏帝喾，郑玄则将其解释为上帝，这是为了配合他谶纬迷信的说法。"武"本来指脚印、足迹，但与前面两个字相结合，就又存在帝王与天帝的差异。"履帝武"应该是指"追随帝王的足迹"，因为后稷是遗腹子，他的父亲在他出生前就已经去世了。《国语》贾逵注认为半步称武，这是比较特殊的解释。我们也可以参考《诗经》别处的解释，比如《大雅·下武》中有一句"绳其祖武"，郑玄很明确地解释说"戒慎其祖考所履践之迹，美其终成之"，就是说子孙很孝顺，始终按照祖先的行事方式来做事，这就赋予了"武"引申的含义。从行止与礼仪的观点出发，可以说"履帝武"描述了姜嫄对礼仪与过世丈夫之行事规范的严格遵守。

在《诗经》时代，王后的年纪通常很小，刚结婚时还不到二十岁，但国君的年纪都很大，这就导致国君过世后，留下了遗腹子，而王后因为年纪轻，就只好遵循国君在世时的行事方式，因为容易上手且不易出错。

接下来是"敏"字，《毛传》将其解释为"疾"，指动作很快、很迅速，而郑玄将其解释为"拇"，就是大拇指，因为这两个字有一半是相同的，在读音上也有关联，这种篡改仍然是为了配合他的迷信。三家诗中的《鲁诗》也将其解作大拇指，可见当时学者的很多说法并无依据，只是为了生计而配合皇室对迷信的宣传。孔颖达的《毛诗正义》指出"心识速疾谓之敏，故训敏为疾"，内心的思考很快；"将事齐敏"，"将"就是行，"齐"通"斋"，指祭天时能够洁净；"齐敬而速疾"，拜神的动作很迅速，这在当时是遵礼的表现。还有人说这里谈的是帝王留下来的大脚印，这当然是后人捏造的说法，有关大脚印的传说在世界上也是十分普遍的。

最后一个字是"歆"，《毛传》将其解释为"享"，指鬼神降临来享受祭品。古人看到祭祀后食物没有减少，就说鬼神吃的是"气"，不吃实际的东西。郑玄将其改成"歆歆然"，"歆"相当于"欣"，也有"动"的含义，目的仍是配合迷信。

西汉初年流传着感生神话，即有些母亲不需要配偶就能生下小孩。外国也有类似传说。董仲舒在《春秋繁露·三代改制质文》中说，后稷的母亲姜嫄是"履天之迹"，踩在上天的脚印上而怀孕生子，后来的纬书《春秋元命苞》中也有同样的感生类说法。这些人的说法也并非毫无根据，新出土的《上博简》中就有后稷之母"乃见人武，履以祈祷"的描述，可见战国时期确实已经有了踩在脚印上的说法。学者在整理兵马俑时，发现秦朝有身高两米五的"巨人"，清朝也存在几个巨人，网上有图片可查，可见巨人留下大脚印这种事在古代是可能存在的。

这一感生神话在《史记·三代世表》中也有记载，后稷的母亲在郊外看到了很大的脚印，心中好奇，就上前用脚去比照，脚一踩上去，肚子就振动了一下，姜嫄就知道自己怀孕了。古人相信这一套说法。据记载，后稷降生时也很奇怪，有所谓"包衣"将他整个包住，好像一颗鱼丸，丢在户外后牛羊都不敢踩踏，而是上前保护他。《史记》中的确有这类神话，不过是褚少孙所补，而非司马迁所作。

《毛传》认为姜嫄与先帝生后稷，汉朝的三家诗则认为后稷是无父而生，这种感生神话也有巩固刘邦皇权的用意在，宣称政权是上天注定的。据称，刘邦的母亲有一天在野外躺在草地上睡着了，梦见一条黄龙伏在自己身上，后来就生下了他。因为刘邦是平民出身，所以要塑造这个神话。因此，三家诗之所以把后稷的诞生归于天帝，很可能是为了配合皇室的政策。后来朱熹虽然说"宇宙之间，一理而已"，真理只有一个，但也认为其中存在变化，比如一般的现象是二气交感化生万物，阴阳结合才会诞生新的生命，但像后稷的诞生，以及商朝始祖的母亲简狄生子，就都属于例外，与天帝有关，"汉高祖之生亦类此"。根据宋朝的传说，赵匡胤兄弟诞生时"满室红光"，朱熹这样讲大概也是在配合政权。今天一般都认为毛公所讲是正确的。

思 齐

思齐大任，文王之母，思媚周姜，京室之妇。大姒嗣徽音，则百斯男。惠于宗公，神罔时怨，神罔时恫。刑于寡妻，至于兄弟，以御于家邦。

(选自《诗经·大雅》)

另外要讲的一首是《大雅·思齐》，这首诗的问题更大。"齐"通"斋"，是庄敬、恭敬的意思。这首诗后来成了儒家"修齐治平"理论的根据，但它是不是真的与此有关呢？开篇说"思齐大任"，大任是文王之母，其思想十分庄敬。"思媚周姜"，她一直想要讨好文王的祖母，也就是自己的婆婆周姜。在能力范围内讨得父母的欢心是子女应该做的，所以她成为"京室之妇"，"京室"就是王室，"京"就是大的意思，她做了王室的主妇。这里的"妇"是宗妇、主妇，但与今天的"主妇"含义有别，这里是指嫡长子的夫人。"大姒嗣徽音"，"嗣"是继承，"徽"就是美，"音"指德音，强调在道德声誉方面，文王的夫人大姒能够继承婆婆大任的做法与美誉。"则百斯男"，所以三代之中文王一家就生出了很多个男孩，这里并没有直接牵涉到文王。

我们再看第二段，"惠于宗公"，"惠"指恩惠、照顾、慈爱等，"宗公"指宗族中的长辈，叔叔伯伯之类。"神罔时怨，神罔时恫"，"怨"就是抱怨、埋怨，"恫"就是病痛，因为在世时经常得到照顾，所以他们过世后鬼魂就不会来抱怨，不会时常作祟而让人生病。商周时期，乃至整个传统中医界都没有病菌的观念，周朝人相信人之所以会生病，都是因为鬼魂作祟。所以每年一定要在固定的时间进行祭祀，来讨好这些鬼魂。"刑于寡妻"，"刑"字下面要加个"土"，名词性含义是典型、模范，这里作动词。"寡妻"指寡人的夫人，"寡人"是帝王自称。"刑于寡妻"就是成为王后的典范，这只有在两种人身上才是可能的，一是皇帝，二是太后。"至于兄弟"，推广到兄弟国，《诗经》中的"兄弟"不只是指亲兄弟，也包括宗族中叔叔伯伯的小孩，这种宗族观念在唐诗中也存在。另外还有同姓的国家，王室彼此之间的血缘相关，可称"兄弟国"。婚姻同样会产生新的兄弟关系，比如要称妻子的兄弟为兄弟等，所以"兄弟"包含了这四重意思，而建立在婚姻关系上的兄弟国尤其重要，因为上面提到的大任、周姜、大姒等都是结婚嫁入的，娘家一定要为她们考虑。郑玄在解释《王风·葛藟》的"终远兄弟"一句时，将"兄弟"等同于族亲、宗族，这当然没错，但《周礼》中大司徒有个"联兄弟"的职责，郑玄在这里就将"兄弟"解释为"婚姻嫁娶"，可见，兄弟关系实际上并不一定限于宗族。

"以御于家邦"，当代人往往把"御"当作抵抗，其实这是祭祀中的专有名词。王后之典范究竟是谁？儒家说是文王，郑玄也如此说，但这里根本没有提到文王。从行文的思路出发，这里提到了婆婆、主妇与媳妇，大姒是辈分最低的，所以成为王后典范的应该是太后，这比典范是国君的说法更加合理，因为男女间存在很多差异。

太行山东边发现过一件铜器，称为"作册嗌卣（yǒu）"，上面有些文字在学界已有几乎公认的释读。铜器上有"御"字，提到向先祖与先妣（祖母）进行"御"的祭祀，以求保佑后代。"嗌"是人名，"作册"相当于秘书。在古代，小孩的死亡率极高。嗌的儿子死了，留下了体弱的孙子，古代贵族最害怕的就是绝子绝孙，将其视为厄运，因而制作了铜器，用来向祖先进行御祭，以求免除厄运，保佑孙子。祈求祛除灾祸的祭祀就叫"御"。

回想一下《思齐》这首诗，文王应该不擅长这类祭祀，因为在那个时代，人们认为女性容易讨得鬼神的欢心，所以女性更加适合担任祭祀的角色。

《毛传》在"刑"字下面加上"土"，认为它是"法"的意思，也就是范式、原则，"文法""语法"中的"法"就取此义；"寡妻"就是嫡妻，"刑于寡妻"就是当王后的模范。毛公对"兄弟"未做解释，因为当时的人完全能够理解。郑玄将"寡妻"解为寡有之妻，认为文王以礼法教诲其妻，而将"兄弟"简单解释为家族、宗族，没有考虑到婚姻关系，把范围缩得很小，可知他再次扭曲了原本的意思。可能是因为对上下文的联系考虑得不多，所以才会突兀地加上文王。在器具生产的工艺中，制造品与模具几乎是一模一样的，模具是什么样的图案，制造品就是什么样的图案，所以郑玄在这里认为文王是他妻子的模范，实际上讲不通，男性与女性存在根本性的差异，只有太后才能在这种意义上成为"模范"，引领王后成为新的王后，所以传统上将"思齐"解释成文王的修齐治平，是存在相当大的问题的。

《诗经》的篇目与六义

《诗经》称"三百篇",收录诗作三百零五篇,其中包括来自十五个地区或国家的"国风",总计一百六十篇;另有"二雅",也就是《大雅》《小雅》共一百零五篇;还有"三颂",来自周朝、商朝和鲁国,共四十篇,去掉零头就是三百篇了。《毛诗》中还包括只有篇名的六首诗《南陔》《白华》《华黍》《由庚》《崇丘》与《由仪》,加起来共三百一十一篇。因此在谈及《诗经》的篇数时,三种说法都算正确。

《诗经》有所谓"六义":风、雅、颂、赋、比、兴,分成两大类。风就是讽,一般用来指讽刺、奉劝,也就是婉转地规劝。朱熹又说风是民间的歌谣,我的老师屈万里先生也说风多半是经过修饰的民间歌曲,总之《国风》主要是由民间歌曲构成的。所谓雅是正的意思,如果加上偏旁,就是政,大小雅都与政治有关,大或小则关乎政治与音乐的性质。《小雅》用在宴会等比较轻松的场合,《大雅》则用在会朝等比较庄重的场合。颂简单来说就是宗庙所用的乐歌。清朝的阮元认为,颂就是容的意思,指容貌、形容。屈万里先生则认为,颂不光是容,不光是祭祀宗庙时演奏的音乐,还包括舞蹈。

《诗经》又有正变之说。《国风》包括正风与变风,正风是《周南》《召南》中那些读起来舒适且高雅的篇目,其余均属变风。雅也包括正雅与变雅,大小雅中靠前的篇目属于正雅,后面的通常是变雅。一种简单的区分方法是，周王道慢慢衰微，政治昌明时所作的就是正雅、正风，政治走下坡路后，人民带着痛苦唱出的歌曲则是变雅与变风。

关于赋、比、兴，郑玄说赋是铺陈，即直接的叙述，唐朝孔颖达称其为"直陈其事"，朱熹称其为"直言"，总之是没有文学技巧的平铺直叙。比很好理解，孔颖达以如解比，比如《卫风·硕人》中的"手如柔荑，肤如凝脂，领如蝤蛴，齿如瓠犀"，"如"就是比喻，再如《魏风·硕鼠》中以硕鼠来比喻贪婪的当权者。对于兴，孔颖达有个简单的解释，举凡草木鸟兽来表达意思的就是兴。这一手法通常用在一首诗的开头，像《关雎》一开始写"关关雎鸠，在河之洲"，本来要谈青年男女的婚姻问题，却先去谈鱼鹰。再比如《桃夭》要描述新娘子出嫁，一开始却讲"桃之夭夭"，先写桃树与桃花。

孔子删诗属实吗？

司马迁的《史记》中提到了"孔子删诗"的问题，他说古时候诗有三千多篇——这里的"诗"大概是广义的，不是专指《诗经》中的诗，就像今天的流行歌那样多，孔子去掉了其中重复的部分，才有所谓"三百篇"。这种说法与其他记载存在一些冲突。首先，先秦保留下来的"逸诗"，也就是《诗经》以外的诗歌，其数量并不多；其次，《论语》等孔子学生记录其言行的书籍中，孔子一再提到"诗三百"，可见他不太可能有过删诗的做法；最后，《左传》记载了吴国的季札访问鲁国一事，因为他的品德十分崇高，鲁国对此事颇为重视，专门为他演奏了《诗经》，其中的篇目顺序与我们今天看到的《诗经》基本一致，这也可以佐证"孔子删诗"一事并不属实。

《诗经》中诗篇的作者

《诗经》中有四首诗直接提到了作者的名字,《吉甫作诵》有两首,还有《家父作诵》与《寺人孟子》。我们还可以通过历代传闻了解诗篇的作者,比如,根据《尚书》,《鸱鸮》当为周公所作,这就不一定准确,二者间或许存在关系,但作者大概不是周公。《左传》称《载驰》是许穆公的夫人所作,此事在当时十分轰动,感动了齐桓公,导致了卫国复兴,所以这一记载是很可靠的。《国语》提到周公作《常棣》,《左传》却说作者当为召穆公,二者的说法都难依凭。因此,《诗经》中能确定作者的篇目,加上《载驰》共有五篇。

《诗经》的句式

关于《诗经》的句式，有时一个字就能成句，如《郑风·缁衣》，"缁衣"就是黑色的衣服，这是古时的官服，黑色不显脏，而且适合于战争，尤其是夜袭时。"缁衣之宜兮，敝，予又改为兮"，意思是官服穿坏了，我帮你再做一套。这里的"敝"就是单字成句。此外也有两字成句的，如《豳风·九罭（yù）》，"九罭"就是网眼很细的渔网，专门用来抓小鱼。"九罭之鱼，鳟鲂"，这种细网竟然捞到了鳟鱼和鲂鱼。鳟鱼、鲂鱼皆指大鱼。细网捕大鱼喻主卑而客尊。三字成句的例子，比如《召南·江有汜（sì）》，全诗以三字句为主。四字句是最常见的，比如《关雎》。此外还有五字成句的，比如《召南·行露》中的"谁谓雀无角"。六字句比如《齐风·还》（"还"字亦可读作"xuán"）中的"并驱从两肩兮"，"肩"借为"豜（jiān）"，泛指大猪，这里写的是两个人去打猎，赶着一头山猪。山猪是很凶猛的动物，比老虎还要凶猛。又有七字句，像《周颂·我将》中的"仪式刑文王之典"，"仪""式""刑"都是动词。前文讲过，"刑"是典型、模范的意思，这里当动词用；"仪""式"也都是楷模、模范的意思，强调文王的典范性，呼吁人们向他学习。还有八字句，像《魏风·伐檀》中的"胡瞻尔庭有县貆（huán）兮"，"貆"就是貉子，它的肉可以吃，皮毛则是上等的裘皮服装材料，烘干后可以做成冬天的衣服。

《诗经》的创作年代

周朝的开国时间约为公元前1046年,但有些细节仍有待考证。举例而言,历史记载武王伐纣的时间在七月,专家们认为当循周历,相当于农历五月。西周存在的时间是公元前1046—前771年,东周是公元前770—前256年,春秋是公元前770—前476年。而《诗经》诗篇的时间上限大致是西周初年,因为《周颂》都是祭祀时所用的诗歌,有些很可能作于成王时代。另据学者证明,《诗经》诗篇的时间下限应为公元前600年前后,其依据在《陈风·株林》这首诗,它记载了陈国国君与两名大臣去找一名寡妇的事件。国君"驾我乘马",《诗经》与甲骨文中的"我"往往是复数,指"我家""我国"。国君驾着属于国家的马车去猎艳,这种马车由四匹高头大马牵引,十分宽大。"说于株野","说"指停车,将马从车上解下,令其休息。"株"是都邑的名称,"野"是郊外。国君不敢公然行事,于是变装成大夫,"乘我乘驹",改乘国家的小车,由四匹小马拉着,"朝食于株",一大早就到株野去"打野食"。《左传》记载,这位国君与两个大夫"通于夏姬,皆衷其衵(rì)服","衷"即"中",他们里面都穿着"衵服",也就是内衣。寡妇夏姬将自己的内衣送给了与其通奸的两个大夫,大夫们上朝时将其穿在官服里面,退朝后与国君聊天时就把官服解开,将内衣展示给国君看。国君看到后十分动心,于是也加入了他们,并同样获得了内衣。后来三人就一起穿着内衣上朝,退朝后互相展示。这件事很失体统,在当时可谓臭名昭著,而其发生的时间就在公元前600年左右。

《诗经》时代的文化圈

《诗经》时代的西周文化圈,范围如何?其东北方向延伸到辽西,东抵江苏海边的长江口,北抵汾水中游,这里一直是华夷的分界之处,汾水以北是夷族的活动区域。文化圈往南方深入两湖,甚至很可能到达了两广。西北方向则延伸到泾水上游,这是历史学家许倬云参考以往的考古成果拟定的。

《蒹葭》的读法

蒹　葭

蒹葭苍苍，白露为霜。所谓伊人，在水一方。
溯洄从之，道阻且长。溯游从之，宛在水中央。
蒹葭凄凄，白露未晞。所谓伊人，在水之湄。
溯洄从之，道阻且跻。溯游从之，宛在水中坻。
蒹葭采采，白露未已。所谓伊人，在水之涘。
溯洄从之，道阻且右。溯游从之，宛在水中沚。

(选自《诗经·秦风》)

现在扼要地谈一下《蒹葭》篇的读法。为什么说这首诗写的是秋天的景观？有人认为，是因为有"霜"，霜的出现就代表秋天。这种思考是否可取呢？魏晋时期经学家杜预在《左传》的注解中就提到，"白露为霜"指向季秋时节，中秋过后就会有霜，这是传统的看法。日本学者竹添光鸿也在其著作《毛诗会笺》中提到，此诗开篇便秋光满目。其实，从我们的实际经历出发想一想，这种说法存在可疑之处。白露过去很久后才是中秋，再过去一个月才会出现霜，并不是秋天一到就会有霜，这种固定的思考模式往往会造成一些误解。

类似的问题也体现在对本诗主题的理解上。郭沫若早年从事"古诗今译"的工作，把"所谓伊人"译作我的爱人呀，人们大都接受了这种解释。伊人是不是爱人呢？我们可以参考杜甫作的诗《蒹葭》。杜甫四十八岁时，因安史之乱带着全家逃难到甘肃陇西，在此处看到了许多蒹葭。汉朝的郑玄认为，《蒹葭》是在慨叹贤人没有受到重用，所以杜甫的《蒹葭》诗也以蒹葭比拟自己，慨叹自己的能力没有得到发挥，"贤人疏之"。从汉至唐的古人并不认为《蒹葭》与爱情有关，现在很多人则将这首诗当作爱情诗，这是受了郭沫若的误导。

我们继续探讨露与霜的问题。气温达到露点才会有露，这种现象通常在夏天出现；霜则要求温度降到冰点以下，所以霜往往出现在冬天。"白露为霜"，露形成以后，如果四周温度降到冰点以下，就会变成冻露，也就是白露，白露大致与霜相同，但前者是透明的，后者则是结晶体。此外，"苍苍"的解读也是一个问题。根据《说文解字》，"苍"是草的颜色，清朝学者段玉裁说是青黑色。然而，草只有在长得十分茂盛时才会呈现出青黑色，时间上对应于春夏之交。

再来看看"蒹葭"，《说文解字》认为，蒹就是薕，或者说是"薕之未秀者"，葭则是"苇之未秀者"。简单来说，蒹葭就是幼年的芦苇，"秀"就是植物开花的意思。《夏小正》是商朝人对夏朝历法的记载，其中提到"七月，秀萑苇"，芦苇开花在农历七月，也就是中秋之前，可见"蒹葭苍苍"的景象应出现于春夏之时。

我们还可以从地理环境出发进行讨论。芦苇品种繁多，其共同特点是抗碱性很强，也就是不怕盐分，在海边也可以长得很茂盛。《蒹葭》属于《秦风》，是秦国的诗歌。根据《史记》的记载，秦始皇有一个很杰出的祖先叫作非子，他的封地位于犬丘，相当于今天的甘肃礼县一带。非子擅长养马，嬴姓就是由为周孝王养马而获赐的，而养马对环境有一些要求，只有产盐的地方才容易养马，这就成了我们理解《蒹葭》的线索之一。

另外，自20世纪70年代起，在礼县、天水一带发现过两个属于秦国"家马令"官员的铜鼎。凡大夫以上有封地者，即可称为"家"，秦国国君的家臣中负责养马的就是家马令。由此，作为祖先坟墓的所在地，礼县一带可谓是秦国的心脏地区，很可能与《蒹葭》有密切的关系。根据今天的统计，礼县的无霜期一般始于四月底，终于十月中旬，换言之，在礼县春天出现霜是常有的事情，这也与《蒹葭》的描述相符。实际上礼县春夏之交时温度很低，甚至时常会有霜冻的灾害。

由此可知，只有春天才能够完全满足"蒹葭苍苍，白露为霜"中的所有条件。

接下来是"所谓伊人，在水一方"，后面的"在水之湄""在水之涘"之类，都是指水边。我们一般认为这个神秘人物就住在水边，但古人是无法在水边居住的。《诗经》多次提到水边、沙洲，这与制盐的关系十分密切，商周时期的制盐器具，其底部多为圆形或锥形，以便放在沙洲上，所以"水一方""水之湄""水之涘"很可能指的也是制盐的场所，而非人的住处。古人盖房子要打地基，有的学者认为浅的地基只需要挖半米左右，深的可达三米，另有学者认为深度普遍在一米以上，局部可达两到三米。后者的研究更为广泛，且画了复原图，其说法更为可靠。建筑史学家杨鸿勋指出，西周腹地所建的带瓦屋的宫殿，其地基的深度一般都在一米八以上，有些可达两米四。"伊人"所住的应该不是茅草屋，而是宫殿，那么，河边沙洲的厚度显然不足以打下这么深的地基。另有一种建在水中的房子，地基是用木头支撑起来的，没有楼梯，可以直接摇船进入，"伊人"有无可能住在这种房子里？在长江下游比较潮湿的地带，史前有所谓"干栏式"的建筑，下面支撑的木头并不是很高，而且房屋地面上通常没有水。靠木头支撑建在水上的房屋在南方很常见，在中原则几乎没有。根据历史记载，春秋晚期楚国出现的"中华第一台"——章华台，是在沼泽地带用木柱支撑起来的，这是此类房屋在中原地带出现的首例，即直到春秋晚期的楚国才有，《蒹葭》时期的秦国地区当然是不太可能采用这种建筑形式的。

下面来看看其他学者对本诗的讲解。对于"溯游从之，宛在水中央"，《毛传》解释说，"溯游"就是顺流，顺流就是顺礼。这当然有些牵强附会，可能是东汉学者所为。郑玄认为，"宛"表明眼看着就能看见，但还是不够清楚。朱熹又将这句话理解为，秋水汹涌的时候，上下追求却都找不到，仍然难解。实际上，这两句诗描述的对象很可能并非普通人，而是神灵，因为只有神灵才能仿佛让人看见，却又无法为人所见。我们可以用神话研究的方法做一比较。《楚辞·九歌》中有《湘夫人》一篇，在元朝人的画作中可以看到，湘夫人脚下都是水波，衣服却未打湿，这是为什么呢？她的头发呈圆圈状，这说明自汉朝以来她就是神仙的象征。《湘夫人》中有一句诗很有名，现代诗人郑愁予的名字就源于此——"目眇眇兮愁予"。眼望着她却望不见，使我们愁闷不已，这就是在描绘拜神时渴望见到神，最终却看不到的场景。后面又说"筑室兮水中"，这位神仙人物的房子完全是盖在水里面的。

另外，既然《蒹葭》可能与河流有关，我们就还要留意一下礼县附近的河水，尤其是十分著名的西汉水，它所环绕的赵坪村是学者公认的秦朝祖先封地的都城。赵坪村附近的长道镇以产盐闻名，杜甫逃亡到甘肃时也曾写过一首《盐井》。由此看来，这里早些时候很可能存在盐湖，可能是因为盐的品质较高，且关中地区又缺盐，所以遭到了过度开发，以致在杜甫的时代只剩下盐井。盐的出产地通常在河谷或沙洲，这正与"在水一方""在水之湄""在水之涘"相应。

在古代，盐能带来巨大的财富，秦人为了争夺这片产盐区倾注了全部的心血与热情，曾为此与楚国进行过大规模的战争，甚至还有所谓的《诅楚文》。秦国担心无法战胜楚国，就事先祭拜巫溪地方的灵"巫咸"，将其称为"丕显大神巫咸"，这是古人受到巫文化影响的体现。总而言之，产盐地带往往有其对应的神灵，而上古时代一般将盐神视为女性，因为河流能产盐，而只有女性才能生产。《蒹葭》很可能与西汉水的盐神有关。

此外，《蒹葭》还与矿产有关。比如在寻找铜矿时，上古时代的人没有专门的仪器，他们是根据植物来判断的，所谓的牙刷草或铜锈草就是铜矿的指示性植物。同样，盐泉也有很多指示性植物，西方人将其称作"互花米草"，这是一种与芦苇非常相似的植物，二者在生命力与形态方面存在许多共同点。在天津等地，芦苇同样是一种海边盐生植物。

后文说"蒹葭凄凄""蒹葭采采"，按照《毛传》的说法，"凄凄"的描述很可能和雨水有关，因为"凄"字是水旁，但一般人无法了解，就将其改为草字头的"萋"，意为茂盛，朱熹对此的解释就是长势茂盛而可采摘，这种解说实际上是很牵强的，采摘芦苇最直接的目的就是煮盐，这是一种天然的燃料。"凄凄"的问题涉及礼县夏季的降水量。据统计，礼县夏季多暴雨，占全年降水量的近一半。有关祁山的历史记录也可以证明这种现象的存在，《华阳国志》记载诸葛亮有一次出兵祁山，正好碰到了盛夏的大雨。《水经注》则记载说，祁山一带有很多茂草，这些茂草就与芦苇有关。作为一种抗逆性强的优良牧草，芦苇是军营里的必需品，刘禹锡的《西塞山怀古》就有"故垒萧萧芦荻秋"之句。春天的芦苇色泽"苍苍"，因为没有开花，叶子也不会变色，到了秋天，芦苇花呈现白色，霜冻又使部分叶子变黄，一株芦苇上就有了三种颜色，这就是"采采"。"蒹葭采采"是对秋冬景观的描述，"蒹葭凄凄"则描述的是夏天雨季时的景象。所以说，《蒹葭》一诗是从春天一直写到了秋天。

前面提到，芦苇在古代海边的产盐地带十分常见，往往有几百公顷之广，望上去无边无际。针对用蒹葭煮盐的问题，有人可能会怀疑，太阳能是免费的，为什么不去晒盐，而一定要煮呢？这里有很多考量，首先是材料层面，古人优先考虑使用的是含盐量较高的地下卤水，它是从河床下冒出来的。其次是方法层面，太阳晒不见得可以蒸发，帝舜时期有一首《南风歌》，"南风之薰兮，可以解吾民之愠兮"，"愠"就是忧愁；"南风之时兮"，应时而来，"可以阜吾民之财兮"，"阜"就是丰富。这首诗说的是南风一吹，山西的盐池在一天之内就会结晶，因为此时气温高、风速大，空气中水分含量少，所以盐水蒸发速度很快。相反，吹东北风时空气中水分含量较高，不仅会降温，还会下雨，所以日晒未必能达到最理想的蒸发效果。甘肃地区夏天会有暴雨，并不适合晒盐。再者，古代的国家财经政策也须纳入考量，以农立国的国家往往注重农业甚于盐业，比如管仲就强调农夫在五月到七月一定要下田，只有秋收后农闲的两个月才允许晒盐。最后还有技术上的问题，因为盐中有很多味道苦涩的杂质，有些甚至对人体有害，根据上古所传，煮盐时会放入豆浆，以吸收、中和杂质，即使这样还是没有办法达到百分之百的纯度，而如果采用晒盐的方法，杂质就更难以去除了。

总而言之，西汉水为秦国祖先们做了许多贡献，供人清洁盥洗、清洗碗盘，还可以种植芦苇并出产盐与矿物，同时为养马提供了便利条件，《蒹葭》就是祭祀、答谢西汉水的女神所用的诗歌。

按照传统，每年年终时都要对山川进行"祷塞"，"塞"就是答谢的意思，相当于"赛"，送大礼来报答神一年来的照顾与恩惠。另外，还有所谓"泮涸"的祭祀，"泮"就是冰融化，"涸"就是结冰的时候，这种祭祀是在春秋季进行的。在古代的祭祀中，山川的地位仅次于天地，比帝王的祖宗还要优先，比太学还要尊贵。出土的楚国竹简中有一篇《唐虞之道》，唐虞就是尧舜，其中记载了传统的治国理念，把山川列于天地之后。秦人祭祀西汉水时的礼节比名山大川更重，尽管西汉水是小河，但是一旦发难，王宫也岌岌可危，所以《蒹葭》从春天写到秋天，也包括了"蒹葭凄凄"的夏天，因为古人最担心的就是夏季的水患，因此这首诗歌在一年内的各种祭祀中都可以演唱。盐神一般是女性，所以这个神就像湘夫人那样，人们十分仰慕，却追求不到，因为根本是看不见摸不着的。

因此，整首诗呈现出一种爱情般扑朔迷离的意境，但其实并不是爱情诗。以上是对于《蒹葭》一诗的扼要介绍。

国风·周南

关　雎

关关雎鸠，在河之洲。
窈窕淑女，君子好逑。

参差荇菜，左右流之。
窈窕淑女，寤寐求之。
求之不得，寤寐思服。
悠哉悠哉，辗转反侧。

参差荇菜，左右采之。
窈窕淑女，琴瑟友之。
参差荇菜，左右芼之。
窈窕淑女，钟鼓乐之。

历代关于《关雎》主旨的争议

《国风》的第一篇是《关雎》，小序称这首诗讲的是"后妃之德"，也就是王后的美德。今人或许不大能接受这种解释，因为诗歌与王后美德的关联似乎十分模糊。之所以将这首诗放在第一篇，主要是因为它具有"风天下而正夫妇"这一功能，可以教导天下、端正夫妻关系，"故用之乡人焉"。古代的"乡"规模很大，国君统治区域的近郊分为六个单位，称"六乡"，每个乡约有一万两千五百户，这在古代是很大的单位，比今天的省还大。"用之邦国焉"，"邦国"指诸侯国，国君直接统治的六乡与诸侯国，都可以在典礼上演奏《关雎》。

大序则称《周南》《召南》是"正始之道"，能够正王道之始，是王化的基础，而《关雎》是"乐得淑女以配君子"，这一观点大家都能接受，这首诗描述的是淑女与君子的关系。下面一句有的版本写作"爱在进贤"，但实际上写作"忧在进贤"比较正确，指担忧贤能的人无法得到进用，而"不淫其色"，是不贪恋美女的姿色。"哀窈窕"，郑玄认为"哀"当为"衷"，指衷心。

以上就是大小序的说法，但二者后来都遭到了淘汰，尤以《毛诗序》为甚。

五四时期出现了新的说法，如傅斯年在北京大学《诗经》课讲义中大胆提出，《关雎》描述了从单相思到结婚的全过程，所以是结婚时用的乐章，不是淑女君子的双向关系，强调男方单方面的追求。北京大学的教科书也认为，这是一首描写男子追求女子的民间情歌，但它又认为第三章写的是"男子对求得女子后美满幸福的想象"，不是真实的事情，这就不如傅斯年的结婚说激进。

《诗经注析》是一套比较权威的图书，从1991年起一直印到今日，内容未曾改变，该书认为这是一首失恋的情歌，作者只能将恋爱与结婚的愿望寄托在想象中。这一结论似乎无法令人满意，其中存在许多问题，我们会就此进行逐步分析。顺便一提，甲骨学与人类学中也得出了奇怪的结论，比如有一位学者认为考古发现的《鹳鱼石斧图》——它画在一个用来盛放人骨的瓮上，图中一只鹳鸟咬着一尾鱼，旁边还有一把斧头，斧头上有一个神秘的叉形符号，可能与生死有关——同《关雎》存在着联系，进而提出《关雎》并非谈情说爱，而是春祭大典这一农业祭祀活动上演奏的歌曲。

为什么一些学者不敢将其解释为结婚时用的歌曲？这也是考虑到古代的历史现实。西汉初年应当是比较接近周朝的时代，可当时规定结婚不许演奏音乐。《汉书·宣帝纪》记载，宣帝之前禁止老百姓结婚时宴请宾客，既然没有宴会，当然也就没有音乐，实际上从汉高帝时代直到汉宣帝时代都是如此。原因何在？司马迁的《史记》记载，秦朝末年彗星出现，预示着天下大乱，"自蚩尤以来，未尝若斯也"，说汉朝初年发生的战争惨剧是历史上最多的，可见汉朝初年非常穷困。班固的《汉书》称，当时国家财力匮乏，以至于"天子不能具醇驷"，连天子车前的四匹马都难以保证纯色，"而将相或乘牛车"，大将与宰相上班只好搭乘牛车。政府之所以禁止百姓结婚宴客，或许也有这方面的考虑，这就导致学者推论认为，上古时代结婚也没有音乐。

《礼记》的记载更能佐证此说，孔子答曾子问说："嫁女之家，三夜不息烛，思相离也。"把女儿嫁出去的家庭，家里三天内不可熄灭蜡烛，以表达不舍之情。与此相应，对于男方则有"取妇之家，三日不举乐"的要求，"取"即"娶"，"妇"指当时贵族家庭中的主妇，也就是嫡长子的妻子，拥有爵位继承权。为什么三天都不能演奏音乐？"思嗣亲也"，要想到能娶到主妇是因为继承了父亲的爵位。当时，儿子只有在继承了过世父亲的爵位后才能迎娶主妇，这对中士以上拥有爵位继承权的人而言是第二次婚礼。贵族可以娶两次妻，第一次是"庶妻"，也就是普通的妻子，"庶"是众多的意思，庶妻所生的孩子没有继承权。取得爵位后，按照周朝的惯例可以再娶正室的嫡夫人，嫡夫人的子嗣才有继承权，迎娶时父亲去世刚刚两年两个月（号称"三年之丧"），因为与丧礼有关，所以不能演奏音乐。婚礼到此并没有正式完成，只是一种试婚的状态，"三月而庙见"，要等三个月后上祖庙去谒见祖先的灵魂，然后"称来妇也"，这才能真正将新人称为刚娶的主妇。随后则要"择日而祭于祢"，选择黄道吉日进行祭祀，才算是"成妇之义"，完成了结婚的手续并使主妇取得了资格。

如果像鲁宣公那样在即位元年，也就是刚即位就派公子到齐国去"逆女"——去迎娶王后，就是犯规的行为，因为通常即位那一年需要先行守丧。虽然孔子在《春秋》中未曾批评鲁宣公这一行为，但正如杜预的解释所言，这是因为根本不需要去加以讽刺，看到记载中的"元年"即可判定他犯规。值得一提的是，鲁宣公迎亲那一年建亥（以十月为岁首），即十月算作新一年的开始，与秦国相同，恰好二月庚申这一天又是冬至，故正月迎亲时已经接近冬至了。

关于试婚，《诗经》时代有所谓"反马"的习俗。试婚的主要功能有二，一是鉴别新娘是否已经怀孕，因此试婚的三个月内夫妻晚上要分房而眠；二是让男女双方进行磨合，提高协调沟通方面的配合度。台湾大学中文系教授裴普贤认为，古代试婚只是为了方便退回不合格的新娘，这样说是失之偏颇的。作为公开仪式，三个月结束后的"庙见"才能为夫妻提供来自祖先的认证，女家需要自行预备车马，以备试婚未通过时的返回之需。庙见之后，男方就派代表，甚至是由新郎本人带领着新娘与送亲时的来人，将马车送还女方。这种礼俗的意义在于，为贵族提供了展现财富与教养的机会。一方面，送亲时需要的马车很多，通常有百辆以上，而且女方嫁过去后，多数马车还是会留在女方那边，这就是对财富的展示；另一方面，男方如对女方所受的教导不满意，女方家庭则欢迎男方将其退回，这就又体现了教养的意义。由此之故，《诗经》时代的贵族家庭绝不会轻易将新娘退回，因为这是对善良风俗的破坏，清人陈奂对此也有说明。孔颖达疏称："送女适于夫氏。"嫁给丈夫时要"留其所送之马"，将一部分送嫁的马车留下，这是"谦不敢自安"，谦虚地表达没有教好女儿，"于夫若被出弃"，如果被丈夫赶出，"则将乘之以归"，就会坐着马车回家，这就是在宣示家教的意义。"至三月庙见，夫妇之情既固"，感情已可沟通，"则夫家遣使反其所留之马，以示与之偕老，不复归也"。士则没有这种习俗，都是"当夕成婚"，新娘来的当晚就成亲，因为其地位比较卑贱，这是《诗经》时代的习俗。

总而言之，《关雎》确实是结婚时所用的歌曲，但它是在通过三个月的试婚期后，于庙见当天在宗庙演奏的，这与我们今天的结婚仪式存在区别。

《关雎》的分章

另外，此诗在分章方面还存在问题。毛公将其分为前后不均的三章，郑玄则将其分为五章。郑玄的五章看似平均，但其中第三章与其他章节不同，根本没有开头，所以这种分法还是令人存有疑虑的。因为无论分成五章还是三章都有人反对，所以日本汉学家青木正儿声称这首诗本身有残缺，少了四句，有些学者因而认为完整的《关雎》应有三章，每章八句，这种没有根据的论断是不负责任的。

在《上博简·孔子诗论》中，第十简提到了《关雎》。其中的"雎"

国风·周南 | 047

字写法较为特殊，之所以认定其为"雎"字，是因为在后面谈到《关雎》的内容时这个字都会出现。"《关雎》以色喻于礼"，"以"表示提携，"色"乃美色、好色，指窈窕淑女，而"喻"就是明晓。《关雎》的试婚，意在让准新郎提携准元妃，引导她了解夫家的宗庙之礼。

下面则是第十四简，"两矣，其四章则喻矣"，"喻"明显在衔接上文。"以琴瑟之悦"，琴瑟演奏起来十分和谐，这是试婚三个月的重要目标之一，让男女双方有如琴瑟般配合。阅读《诗经》时有必要了解当时的乐理。"拟好色之愿"，以此比拟好色的心愿。"以钟鼓之乐"，用钟鼓来进行欢乐的庆祝。学者据这段文字认为《诗经》最少有四章。因为年代久远，竹简间的连线已经烂掉，李学勤对顺序混乱的竹简做了重新排列，将第十四简排在第十简之后，因此认定"四章"说的是《关雎》，《毛诗》分成三章的做法不符合先秦古诗的原本，一般学者都认为这种说法有说服力。划分的依据并不在于各段落是否平均，也不在于战国人如何读诗，而是要知道周朝人如何读，战国时期有很多说法与周朝差异很大。

《关雎》的写作年代

关于《关雎》的写作年代，《竹书纪年》记载称"康王……三年，定乐歌"，指出《关雎》是在康王三年创作的，可当今的很多学者都不相信。其实应该知道，古代史官对自己所写的文字是很负责任的，文天祥的《正气歌》说"在齐太史简，在晋董狐笔"，史官在记录历史时甚至可以用生命来担保，他们忠于职守，所以我们拥有有力的证据，不应随便怀疑、反驳古代史官的记载，这是一种素养，是对古人职业尊严的尊重。

后来《后汉书》记载，《鲁诗》也认为《关雎》就是在康王时代创作的，因为康王贪恋闺房的恩爱。王后陪国君过夜时，到了一定的时间，外面的官员便会报时，此时王后应迅速把衣服穿好并离开，结果康王与王后没有遵守规矩，《鲁诗》认为《关雎》即为此事而作。另外，刘向的《列女传》也提到"康王夫人晏出朝"。《齐诗》同样批评后妃行为不检，也相当于认定《关雎》是康王时代的作品，类似记载亦见于《汉书·匡衡传》。《韩诗》同样指出，《关雎》意在"正容仪"，讽刺当时国君上朝太晚的怪现象。总之，三家诗都认定《关雎》作于西周初年的康王时代，这种说法大致上是可以相信的。

香港的一位大学老师反对这种说法，其理由是四言诗直到西周中晚期才成熟。他声称，四声音阶的定型大约在西周中期，早期是没有四声音阶的，这种说法实际上并不符合音乐的发展情况。据考古发现，现存最古老的吹奏乐器是八千年前的贾湖骨笛，用鹤的肢骨制成，出土于河南省舞阳县。由少量保存完整的骨笛可见，其所使用的应为七声音阶，也就是说，八千年前的先民们已经在用七声音阶唱歌了，那么"直到《诗经》时代还没有发展出四声音阶"的说法显然不合理，二者间足足差了六七千年。除此之外，新石器时代的埙不止有三声音阶，商朝的埙已经有了五个指孔，能吹出的声音非常丰富。再如商朝的铙，虽然采用三声音阶，但实际上已经属于五声调式的体系。根据上古乐理，只需要三件钟就能完整地呈现出四声的体系。关于宗庙的乐歌，荀子称清庙之歌"一倡而三叹"，叹息方面的旋律比歌曲本身长三倍，清庙指天子的祖庙，因此荀子所讲并非针对一般人家庙堂中的演奏。天子之庙中主要的旋律乐器是瑟，而不是钟，钟只是一种代表身份地位的节奏性乐器。

阅读《关雎》的关键所在

究竟应该怎样阅读《关雎》这首诗？是从婚礼的角度，还是单相思的角度来分析它？这是真正理解此诗的关键，也是我们读《诗经》时的要紧之处，因为有些诗篇的解释可能很不一样。王静芝任职于辅仁大学，他在检讨过去研究中的缺陷时指出，《诗经》之所以难解，不只在于字句，更在于主旨，对于主旨的不同认识导致对字句的解释完全不同，这一问题在《关雎》中就十分明显。日本学者白川静也指出，《诗经》学的困难不在于注解——训诂就是注解——而在于对整篇诗作的理解。首先要了解诗的创作动机与用途，否则会无从着手，甚至会产生误解。

再如台湾大学早期教《诗经》的教授何定生，他在台湾版《古史辨》序中说，今天研究《诗经》不可以再走陈奂、马瑞辰、姚际恒、魏源等人的老路，不可用清朝人的脑袋研究，要换新的脑袋，也就是要认识《诗经》之乐歌的地位，要理解其演奏的场合，这样才可能逐步认清《诗经》，因此，我们在分析诗篇时首先会讨论其乐歌性质。

另外，荀子也曾提道："《国风》之好色也，传曰：'盈其欲而不愆其止。'""盈"是满，"欲"就是欲望，"愆"是过失，好色的欲望满盈，行为却毫无过失。虽然喜好美女，但行为完全合乎礼节的要求，因为"其诚可比于金石，其声可内于宗庙"，最后这句很明显是在讲《关雎》，荀子也认为《关雎》是在宗庙里演奏的，而非一般的单相思之歌，后者在宗庙中面对着尊长的鬼魂时无疑是唱不出口的。可见，乐歌的用途对于诗篇的解释起着决定性的作用。

《关雎》原文鉴赏

"关关雎鸠"中的"关关"一词，传统上解作对雎鸠叫声的模拟，也就是鱼鹰雌雄唱和时的声音。然而，有人认为关雎的叫声不是"关关"，这里指的是其他的鸟。其实同一种鸟会发出不同的叫声，鱼鹰确实也有其他叫声，但根据一些录像录音资料，它们会在筑巢时发出"关关"的声音。不过现有资料尚不完整，因此，我们在翻译时还是遵循传统的说法，而不将其精确翻译为雌雄合作筑巢时发出的声音。

"雎鸠"又要如何解释呢？《本草纲目》认为它是"鹗"，简单地说也就是今天所谓的鱼鹰，或称"王雎"，具有一定的药用价值。鱼鹰在世界上据说只有一科一种，主要生存在干净的水域，因此泥沙含量较高的黄河不是它们的主要活动区域。它们多生于黄河附近的小河流地带，以鱼为主食，捕食技巧十分高超。三岁时性成熟，雄性会表演各种吸引异性的特技，成对以后就比翼双飞，共同营巢。

为什么要选择雎鸠来比拟国君与王后？最主要的原因如《列女传》所说，雎鸠这种鸟"未尝见乘居而匹处也"，《淮南子》中作"乖居"，学者们对此说法不同。"乘"就是四，一辆马车由四匹马牵引，因此也叫"乘"，总之是指两对混杂在一起。"乖居"就是分开，晋朝张华注解称"雌雄相爱，不同居处"，虽然彼此感情很好，但住所是分开的，这与国君和王后的情况相符，因为国君还有其他妃子，不一定时常与王后同住。鹗的领地意识很强，较小的水域中通常只有一对，它们常常单独或成双活动，不过在分配不均时偶尔也有一夫二妻的特殊情况。另外，如果食物丰富，即便地域狭小也可以住下很多家庭，并且它们在迁徙时也会与其他同类混在一起，其感情的坚贞程度相比于其他大多数鸟类也没有显著的不同。

还有人认为鱼鹰是所谓的"黄金鹗""金啄鸟",从秦朝的李斯开始就存在这种迷信,认为它的出现预示着战争。《史记正义》中亦有"王雎,金口鹗也"之说,这种观点在唐朝仍有流传。所谓"金口",大概是因阳光照射而产生的,有时也来自观察者附近的黄色物品所反射的黄光,摄影中就存在这种现象,这其实是一种视觉上的误差。

另据《左传》记载,"雎鸠"是东方鸟族的一个官名,雎鸠氏担任司马的职责,掌管军事。鸟族的领袖是金天氏,即少皞帝。我们可以由这种官职而联想到鱼鹰的特点,它的体态修长,《说文解字》说它是"鸷",可以击杀鸟类。《毛传》亦以"鸷"来形容鱼鹰,一般解作感情坚固,但《说文解字》将其理解为具有猎杀技能的鸟类。《离骚》也提到鸷鸟不群,"鸷"是一种大型猛禽。由此出发,《关雎》所谓"鸷"很可能是对某种领袖气质的隐喻,而不光指情感的专一,因为王后必须具有领导之能。此外,《诗经》中的关雎居于河南济源附近的黄河流域,与热带和亚热带的鱼鹰不同,属于候鸟,会随着季节变化而进行迁徙。

《诗经》时代为何将雎鸠称作"王雎"呢?"王"本身有"大"的意思,特别大才能称"王"。考古学家发现,汉朝的洛阳城只有《诗经》时代王城洛阳的四分之一大,"王"显然不仅是指天子的都城,也有大的含义。

"关关雎鸠,在河之洲"运用了兴的修辞手法,类似于文章技巧中的隐喻。亚里士多德曾说,只要能创造隐喻,就是写作的天才。隐喻的范围实际上很广,比如街头艺人以冰雕的方式表现"人生众相",这也属于一种隐喻。"在河之洲",在黄河附近的沙洲上,商周时期的"河"专指黄河,三代时这一地区以出产美女闻名,比如据《韩诗外传》记载,楚国国君要到"梁郑之间"寻找美女。"梁"即雀梁,是地名。诗的前两句描述了春回大地的景象,这时鱼鹰也都回到了黄河一带的沙洲上，雌雄做伴，开始筑巢，深情地鸣叫着。

下面来看"窈窕淑女"一句。一般人会将"窈窕"视为对人体曲线的描绘，但这未必符合《诗经》的用法。清朝考古辨伪学家崔述指出，"窈""窕"两个字都是穴字头，这是在形容洞穴的幽深与弯曲，由此比喻居处幽静深邃。不容易为人所见的美女才叫"窈窕淑女"，她一定住在房间中最隐秘的地方，生活作息无法为外人所见，如诗人所写的"窈窕山道深"。因此，我们可以将"窈窕"翻译成"幽静娴雅"。至于"君子好逑"的"逑"字，过去的学者并未将其认清，有时写作"仇"或"雠"，都属于假借字。"逑"是佳偶，指理想的对象，"君子好逑"就是君子理想中最好的伴侣。

以上四句就构成了诗的第一章，春天来时，鱼鹰都已回家筑巢，而有领袖气质的君子，其理想中最好的配偶是幽静娴雅的淑女。这就隐含着要赶快追求、赶快成家的意思。

下面是"参差荇菜"，"参差"一般指长短不齐，但也可解作混乱无序的状态。《本草纲目》说荇菜就是凫葵，又称金莲子，它广泛分布于南北各省，其特点是平铺在水面上，因此会遮挡阳光、隔绝空气，造成水下缺氧，致使水下的植物难以生存。在医疗方面，荇菜具有治疗毒蛇咬伤的药效。过去的中文资料声称，荇菜喜欢生长在池塘等流动性低的水域，但据美国研究者在2003年的观察，荇菜喜欢的是缓慢流动的河流，因为流动的水中氧气含量较高。除此之外，荇菜羹也是一道江南名菜，《关雎》中的荇菜也具有这一功能，这与后面的"左右芼之"存在关联。

"参差荇菜，左右流之"，杂乱无序的荇菜向左向右漂流而去。前人多将"流"解为求，亦即摘取，朱子的《诗集传》则解为"顺着水流来摘取"。有甲骨文专家指出，"流"与"求"完全无关，古书上只有《毛诗》做如是解，《尔雅》的说法也是根据《毛诗》而来，因此

"求"的解法只有孤证，难以为据。我们实际上可以将"流"解释成徙，取其移动之义，因而这两句诗是对前文的延伸与铺展，春天到来时，荇菜开始发芽、成长与繁殖，向两旁蔓延开来。

"窈窕淑女，寤寐求之"，"寤"一般简单地解为睡醒，严格来说当指说梦话后醒来，"寐"就是就寝，因此"寤寐"可以引申为日日夜夜、无时无刻。"寤寐思服"，"思"在字面上应当解为想，但过去的解释都将其视为无实义的虚词。《诗经》中确有此种用法，但在此处则是难以成立的，"思"仍当解为想或挂念，这是因为我们要对"服"的含义进行订正。《毛传》将"服"解释成思考，这是颇为奇怪的，正式用法中"服"指官职、职守、职事等，因为在宗庙里向祖先的鬼魂做报告时，服饰一定是庄严的。

我们来看一下"服"的力证，汉代马王堆文献所引《诗经》中将"服"写作"伏"，存在误导，可知汉人对"服"的理解已经十分模糊了。"服"字在彝铭里时常出现，而且是很重要的。比如"更乃祖服"，"更"就是继承，"乃"指你的，意思是继承你祖先的官职，古代的官职是世袭的。再比如"更乓且考服"，"乓"不是其，而是本的意思，指本宗本族，与"厥初生民"的"厥"同义；又如"令女更乃且考"。总之，在涉及对本族的祖先、父亲，乃至皇帝位置的继承时都会提到"服"，宰相级别的任官令当然也如此，比如"王令毛伯更虢（guó）城公服"，继承虢城公的太宰之职。如前所述，新郎需要继承父亲的爵位，同时也要继承他的官职与责任。

"寤寐思服"的意思是，无时无刻不想到自己的"服"，也就是官职，如叔向父禹簋上刻有"奠保我邦我家"，"我邦"指周朝，"我家"指诸侯国，日夜思考的就是这样的问题。此处可以参考《大雅·下武》对周武王战胜商朝之原因的描述"永言孝思"，"言"就是焉，长久地想要尽孝道。"昭哉嗣服"，对自己所继承的"服"十分明白，郑玄此处注"服"为"事",根据语境而有所变通。这里的"服"也可以解释为官职,新郎的思考就是尽孝,而想到"服"才会孝。这首诗的演奏场合既然是宗庙,所言就不可能是对美女的思念,而是说想到了自己的职务、职守,希望能够对父亲尽孝,这是周朝人的传统。

"悠哉悠哉","悠"就是漫长、长久的意思,"辗转反侧",在床上翻来覆去睡不着觉,因为在思考如何找到好的帮手,能让自己尽到职责,所寻求的配偶必须起到助手的作用,这在家庭的维系与子女的教育中都是十分重要的,《关雎》的模式值得借鉴。

寻找淑女的过程当然要花费一些时间,以上都是描述尚未找到的状态,后面八句才开始描绘找到后的状态,其中前四句讲的是三个月的试婚期,后四句才是在庙堂中真正完婚的场景,根据周朝的婚俗,将本诗分为三段是比较合理的。

"参差荇菜,左右采之","左右"译为两旁的助手,因为贵族一定会有很多仆人或侍从。"采"指摘下。为何要让助手帮忙采摘荇菜?此时已经进入了试婚期,其间女方需要展现自己的烹饪技术,这是取得完婚资格的初步考验,因为祭祀需要祭品,制作祭品的责任在女方身上。所谓助手既包括丈夫一方的助手,也包括女方自己带来的助手,能够嫁给国君的女子通常是公主,从小就有很多人在旁服侍,比如根据《战国策》记载,赵国的公主刚出生便被赐予两个县,作为其个人的所得,不用向国家缴税,因此她身边一定有许多人帮忙管理。嫁入别国后,原来的封地不变,而作为王后又会获得新的封地,因此会有很多人成为公主的陪嫁。我们在后面讲到《硕人》时还会说明,陪嫁的情况对于男方同样存在。

"窈窕淑女,琴瑟友之",后来琴瑟一般代称夫妻,有"妻子好合,如鼓瑟琴"之说,"鼓"就是弹,弹奏琴瑟时的和谐可以比喻夫妻情感的融洽。以春秋后期、战国初期曾侯乙墓中的琴瑟为例,古琴的长度只有六十七厘米，瑟长则超过一米。曾国位于今天武汉一带，属于南方楚国的音乐体系，中原的琴较南琴长，宗庙中用的瑟通常超过两米，因为那是国家建筑中最雄伟的场所，要使用大型的乐器。基于这种差异，人们往往用"琴"代称妻子一方，而用瑟比拟丈夫。古琴一般采用五声音阶，并完全根据钟的律吕制作，因此与钟、磬、瑟都可以完全配合。早期的古琴有五弦，七弦琴出现于西周初年，而古瑟则有二十三至二十七条弦，因此前者需要变调才能弹奏出丰富的旋律，后者则不需要变调，本身就可以构成两组五声，更加便捷，且可与琴互补。瑟往往是主奏乐器，用来演奏低音部，音色悠扬、浑厚而低沉，可以独奏，亦可合奏，与琴合奏时需要做一些调整与变化，因此可以用来比拟试婚期间互相协调、共同学习的状态。王后继位时的年龄通常低于十八岁，丈夫的年纪则较大，所以显然是以男方配合、容让女方为主，乐礼可以指导新人在试婚期间达成"琴瑟和谐"的相处状态，第三段的起始句用意在此。"琴瑟友之"，"友"指结成亲密的伴侣，此时二人还未成为正式夫妻。

最后四句则描述了试婚结束后的情形。"参差荇菜，左右芼之"，"左右"仍指两边的助手，"芼"就是把菜剪成小段，然后撒入鼎中。《仪礼》谈到了王公诸侯招待大夫时所谓的"铏芼"的礼节，"铏"是小的鼎，古时候贵族的鼎通常根据阶级而有从大到小的排列，天子有九个鼎，往下依次递减。小鼎煮牛肉时要添加藿，也就是豆叶，煮羊肉时就放苦菜，煮猪肉则放薇，也就是野豌豆一类的蔬菜，这是古人的习惯，这种菜称为菜酿。所谓"芼"，即菜酿。《礼记·内则》提到"鹑羹、鸡羹、鴽，酿之蓼"，郑玄注说"酿，谓切杂之也"，孔颖达进一步解释说这是指切好菜后将其加入，将蓼这种菜加入以上三种羹内，具有去腥之类的作用。《小雅·采菽》中提到了"菽"，即大豆的叶子，要将其加入太牢中招待贵宾。郑玄注曰"王飨宾客，有牛俎，乃用铏羹，故使采之"，招待宾客时有生牛肉要煮成羹，"俎"是放祭品的礼器，"铏"就是小的鼎。总之，"芼"就是鼎中所加的菜，段玉裁注《说文解字》时也有同样的说法。《周礼》《仪礼》《礼记》"三礼"中所记载的"藿""苦""薇""蘋""藻"，包括《关雎》中的荇菜，都算是芼。顺便一提，鼎的主要功能就是做羹，这是古人祭拜祖先时最重要的食物，用切成大块的肉制成，像《鲁颂·闷宫》就提到了祭拜鲁国祖先时所用的羹。《商颂·烈祖》中也提到"亦有和羹"，"和羹"指经过调味的羹，用于祭拜祖先，拜天地时所用的羹则不能调味，要符合太初的原始状态。

"左右芼之"，两旁的助手帮忙向肉中加入菜酿，接着再煮成羹。最后是"窈窕淑女，钟鼓乐之"，只有很高级的贵族才能在宗庙里演奏钟，比如湖北随县出土的曾侯乙编钟，共有六十五件乐钟，由直接挂上去的较小的钮钟、斜挂的甬钟与一个称作"镈（bó）"的大钟构成，最大的钟重达两百多千克，总重在四吨半左右，看上去非常壮观，是地位的象征，只有国君才能享有这种乐器。因为存在倾斜角度，每件钟都能演奏出三度音阶的双音，从而奏出五声、六声、七声的乐曲。一般而言，只有王子王孙才有资格使用钟，因为他们祭拜的对象是开国皇帝，比如应侯见工钟，应侯就是武王的儿子应叔的曾孙。另外，士有时候也拥有钟，但这属于特例。按照当时的等级制度，周王朝的次卿相当于大国（如齐国）的上卿，下卿相当于次国（如晋国）的上卿，而周朝的上士就相当于大国的大夫与小国的上大夫，一般只有王室以上的级别才能拥有钟，大夫与卿都不一定有资格。另一种情形则是所谓赐乐，如《左传》记载，晋侯将钟赐给身份为卿的魏绛，因为他担任上卿已经八年，可宗庙内仍然没有钟，晋王是按照国家的奖赏制度给予其慰劳，"魏绛于是乎始有金石之乐，礼也"。按照《周礼》的规定，臣子如能拥有钟这种乐器，只能是因立功而获得国君的赏

国风·周南 | 057

赐。总之，《关雎》此处所描述的绝非普通平民，而是高级贵族，也唯此才能与试婚之礼相应，因为一般人根本没有这一权力。"钟鼓乐之"就是敲钟打鼓，来欢乐地庆祝完成婚礼，这明显是指在宗庙里演奏整首歌曲。诗歌一开始从寻找妻子的动机写起，进而叙述寻找的过程，最后描写通过试婚而建立了美满的家庭，并以敲钟打鼓的形式来庆祝。

关于本诗的押韵状况，第一段清晰明了，第二、三段中有些古音与我们今天的读音不同，不过在古时候是押韵的。除此之外，"之"之类的虚词通常不押韵，而是以虚字的前一个字为韵脚，比如"流"与"述"，这是《诗经》押韵时的共通现象，我们在此做扼要说明。

最后，为什么要将这首诗分成三段呢？因为还要考虑演奏的问题。《论语》中孔子赞美道："《关雎》之乱，洋洋乎盈耳哉！""乱"指一首诗的结束，即朱熹注所说的卒章，《关雎》的三段虽不均衡，但演奏到最后时非常动听。《关雎》属于《周南》，是南方的歌曲，南方歌曲的代表还有《离骚》，其篇末以"乱曰"结尾，这是乐章上的一种构造，指最后一段，有不整齐的含义。清朝的一位文字学家就指出，"乱"的部分无须十分端正或整齐。《国语》中也有所谓"乱辞"，即在每一篇写作完成后，于结尾处对其大意做一精简的概括。此外，三段的分法也比较符合结婚的整个过程。

葛　覃

葛之覃兮，施于中谷，维叶萋萋。
黄鸟于飞，集于灌木，其鸣喈喈。

葛之覃兮，施于中谷，维叶莫莫。
是刈是濩，为绤为绤，服之无斁。

言告师氏，言告言归。薄污我私。
薄浣我衣。害浣害否？归宁父母。

《葛覃（tán）》整首诗主要描述的是古时候的家庭主妇在春天到来时开始忙着织夏布，做完后安心返回娘家的事情。"葛"是名词，指葛藤，分布广泛，并且是非常著名的经济作物，其根茎可提取出大量淀粉，称为"葛粉"，也可以当作糨糊。另外，它的纤维可以织布，还可以当绳子，编织各种家具，其叶则是马和猪最喜欢吃的食物。因其用途广泛，所以对葛藤的人工栽培在今天非常普遍。《本草纲目》还说把葛根烧成灰可以治疗金疮，也就是刀剑的割伤，也可以"敷蛇虫啮"，并治疗"罯（ǎn）毒箭伤"等，"罯"就是藏毒，比如在刀剑上涂毒。曾有人意外发现过生长了八年的野葛，其地下根茎重量竟达上百斤，非常庞大，由此可见，在野外露营、迷路或缺少粮食时，野葛也可以派上用场。

　　根据《毛诗》的说法，"葛覃"是"后妃之本"，即后妃的本务，当王后就要注重织布一事，因为丈夫外出时需要衣服，"食"以外就是"衣"。后妃尚未出嫁时在父母家"志在于女功之事"，从小要学习针线、缝纫等工作，而且"躬俭节用，服浣濯之衣"，"浣"即洗，要浣洗衣服。"尊敬师傅"，女性从小就有老师跟在两旁，左右各一，这是高级贵族才有的权利。女子从小接受父母与师傅的教导，"则可以归安父母"，出嫁后根据所受的教导，放心地回到娘家，"安"就是慰问，指向父母请安，"化天下以妇道"，用妇道来教化天下，成为整个国家妇女的楷模。这是于王后而言最理想的角色扮演方式，整首诗就是对准备归宁一事的描述，讲主妇如何完成工作并回娘家。王后不称"主妇"，应称"宗妇"，比如晋国国君为女儿出嫁所做的铜器上就有"宗妇楚邦"几个字，是说女儿要成为楚国的宗妇，也就是王室与整个宗族的主妇。嫡长子的妻子、国君的原配就是宗妇。

　　《国语》对古时主妇所负责的工作有详细的说明："王后亲织玄紞（dǎn）。"王后一年中亲自参与制作的纺织品只有一条丝做的绳索。

古人头上要绑一条丝带，称为"纮"，从天青色到接近黑的颜色都叫"玄"。王后所织的纮当然非常贵重，上面有一对"充耳"，绑在帽子两侧下方，形状有点像今天的耳机，塞进耳朵中不会掉下来。它在室内外都有用处，比如国君去视察军事演习，整天处于野外，风沙很大时，就需要塞进耳朵里。再比如国君视察累了，中午休息时怕有蚂蚁爬进耳朵，同样可以用充耳塞住耳朵。到了朝廷上，年轻国君刚继位时缺乏经验，做事出格的情况比较多，有时候老臣会唠叨，甚至指桑骂槐，国君不能与这些国之栋梁起冲突，就可以用充耳塞住耳朵，然后任凭对方来骂，待他们发泄够了自然会停下来。王后编织这条绳子的目的，也是希望丈夫在朝廷上碰到这种情形时学会忍耐，顾及国家的和谐，多多吸取施政的经验。公侯的夫人则要"加之以纮（hóng）、綖（yán）"，"纮"就是帽子上加布的盖板，"綖"是十二条丝线，公侯夫人在玄纮之外还要制作这两者。"卿之内子为大带"，卿的妻子要加做一条绑在官服腰部的丝带。"命妇成祭服"，大夫的妻子要加上每年宗庙祭祀中所用的服装。"列士之妻加之以朝服"，士的妻子要加做朝服。"自庶士以下，皆衣其夫"，一般百姓的妻子从早到晚都在忙碌，全家人的衣服都由她一手织成。

　　本诗篇一开始说"葛之覃兮"，覃就是延长、漫长，这是在描述春天的葛藤长得很长，葛藤这种植物有时候一天就可以长几十厘米，生长速度很快。葛藤变长了，"施于中谷"，"施"读作"yì"，指蔓延、伸展，已经伸展到中谷，也就是谷中，为了押韵而做了语序倒置。《诗经》里的"中谷""中庭"等词汇都有这一特点。葛藤主要分为两种，一种是缠绕在其他东西上生长，另一种则是在地面上延伸生长，织葛布用的是后者，可见古人对这些材料也是颇有研究的。"维叶萋萋"，"维"是语助词，译作其、它的，"萋萋"一般形容茂盛，不过这里的时间是早春，只能译作逐渐茂盛起来。

"黄鸟于飞","黄鸟"就是黄色的鸟,有人说是黄雀,也可说是黄莺。根据《夏小正》之说,二月"有鸣仓庚",仓庚又叫黄鹂、黄莺,这时候开始鸣叫,表示春天已经到来。诗中之所以提到黄莺,主要目的在于提醒读者注意季节。现在的工厂一年四季都可以进行生产,但古时候制作葛布只能集中于一年内的几个月。葛藤开花以后,它的纤维就不能用了,所以必须在它七八月开花之前赶快做工,这与种水稻时对季节的把握类似,与农历有关。"于"在这里是语气词,词性为副词,可以翻译为之、的,或直接将其省略。黄鸟飞舞昭示着春天的来临,提醒家庭主妇开始准备纺织工作。时间在清明节前后,黄莺的出现比燕子稍晚一点。接下来是"集于灌木","集"本义为集中,此处指停下休息,黄鸟飞倦了就停在灌木上休息。"其鸣喈喈","喈喈"是拟声词,模仿鸟鸣声。以上是第一段,是对节令与动植物活动的简要描述。

第二段开头还是说"葛之覃兮,施于中谷",葛藤不断生长,蔓延到山谷中间。"维叶莫莫","莫莫"就是茂密的意思,叶子已经很茂密了。这里的重复也是一种教导读者的方式,根据日本葛藤纺织世家的说法,地上爬的藤蔓更适合织布,它会长出新芽,而且伸得很直,缠在树上的藤蔓纤维则易扭曲。文本此处显然是再次提醒读者,采藤时应当寻找前者。将葛藤抽芯取皮,制成六米以上长度的纤维,这种纤维很有光泽,像丝一样,然后用锅子加草木灰来煮,目的是去掉其中的胶质,掺杂了胶质的纤维很脆,容易断掉。煮完后将其置于阴暗处几个小时到一两天,葛藤就会慢慢腐烂,最终胶质脱落,剩下纤维。这样制成的藤布很有光泽,十分轻盈——据说穿起来甚至感觉不到重量,并且比一般的布还要耐用。过去日本人骑马时穿的马裤就是用葛藤做的。

"是刈(yì)是濩(huò)","是"等同于则、就,就是把葛藤一段段割下来；"濩"等同于"镬"，即用来煮东西的锅，这里作动词，指用锅来煮。"为絺（chī）为绤（xì）"，"絺"是细的葛纤维织的布，"绤"是粗的葛纤维织的布。葛布属于夏布，适合夏天穿，因为它本身不容易吸汗，不会黏在皮肤上，且不易脏。古代贵族多数时候穿的都是丝帛，这种材料十分吸汗，在夏天穿着是很令人痛苦的。"服之无斁"，"服"作动词用，指穿衣服，这与《关雎》中的"服"不同。"斁"读"yì"，是厌倦、厌恶的意思。我们可以参考《吴越春秋》的记载，勾践被夫差打败后，投降夫差并试图讨好他，听说夫差不喜欢夏天时衣服黏在身上的感觉，于是就要去采葛。这说明葛衣穿在身上让人感到舒服。此外，"无斁"一词还在《周颂·振鹭》中出现过。"振鹭"指白色水鸟，比喻商朝人的后代，因为商朝人的服饰尚白。这些人按规矩来到周朝参与祭祀，周人便以此诗赞美他们，同时教导他们"在彼无恶"，周朝体谅这些遗民，仍让他们拥有自己的小国，希望他们不要在那里作恶，这样才能长保自己的地位，并且"在此无斁"，意思是在来到周朝做客时也不会令人讨厌。这是古代君主希望诸侯做到的两点，即在自己的国家不被百姓讨厌，来到朝廷也不被朝廷中人的讨厌。我们要以《诗经》为鉴，将来无论走到哪里，都应做到不令人厌恶。

"言告师氏"，"言"字有两种翻译，有人将其译为承接词"乃"，另有人将其看作第一人称代词"我"，"言告"即乃告诉或我告诉。下面的"师氏"包括傅姆与保姆，古代贵族女性拥有两个老师，二者年纪较大，且有教导经验，属于常设官职。好莱坞电影《罗马假日》中，奥黛丽·赫本所饰演的公主身旁也有一位教言行举止的老师，这是古今中外共通的现象。

贵族从小就要学习各种美姿美仪，这是阅读《诗经》时应有的常识。刘向《列女传》记载，鲁国公主伯姬，也就是鲁宣公的大女儿、成公之妹，要嫁给宋恭公当王后，而"恭公不亲迎"，国君没有亲自去迎亲，只是派卿当代表。新娘抵达国家边境，进入客栈休息时，要梳洗、换装，把路上沾满尘土的衣服换成更整洁华丽的。按照《诗经》时代的规矩，宋恭公本应亲自去迎亲，结果并未前来，新娘感到没有面子，本来打算打道回府，索性不嫁了，后来受到下面人的阻拦，派代表回娘家询问了还在世的母亲的意见，最后迫于母命，只好进入王宫试婚。试婚期满后二人当行夫妇之道，去祖庙进行祭祀，祭祀时要跳双人舞蹈，并有乐队配合演奏。国君代表太阳，由东往西行走，王后则象征月亮，由西向东行走，在中间会合后进入厅堂，端着祭品进行舞蹈。然而王后抗命，国君一个人无法独立完成祭祀，这在古代被看作很重大的事情，因为如果没有父母和祖先的保佑，就一定会有疾病产生，伯姬就是利用这一点来向宋恭公抗议的。"宋人告鲁"，宋恭公没有办法，只好赶紧派代表去鲁国报告，"鲁使大夫季文子于宋"，派了一个大夫专程来调解此事。祭祀完成后，鲁国国君设宴招待这位特使，这时"缪姜出于房"，太后也出席了宴会。晋朝、宋朝的很多学者认为妇女只能管理闺房之事，但实际上《列女传》中的太后就有出席宴会的权利。"伯姬既嫁于恭公十年，恭公卒"，二人的感情本就不算和谐，且婚姻生活最多持续了十年，可知两人的年龄差距很大。

到了宋景公的时候，宫殿"遇夜失火"，这时左右曰"夫人少避火"，伯姬则说"妇人之义，保、傅不俱，夜不下堂，待保、傅来也"，"义"读作"仪"，指礼仪、规矩；"保、傅不俱"，保姆与傅姆二人还没有全部到场，不可以离开宫殿。后来"保母至矣，傅母未至"，左右又来劝她，伯姬曰"妇人之义，傅母不至，夜不可下堂，越义求生，不如守义而死"，由于不肯违背礼仪的标准，最终死于火中。"《春秋》详录其事，为贤伯姬，以为妇人以贞为行者也。伯姬之妇道尽矣"，按照当时的观念，伯姬可谓妇人的典范。从此以后，各国娶王后时优先考虑的都是鲁国公主，因为相信她们的家教。但按照今天的观点来看，这是有一点过分的。

由此可知，古代的贵族女性从小就有保姆与傅姆两个老师。"言告师氏"，就报告给傅姆，"言告言归"，这里的两个"言"同样可解作乃或我，也可以不翻译。"言归"要译作归之，报告自己要回娘家。以上就是一些礼节，其实并不烦琐，而且具有保护作用。对贵族而言，有时丈夫有急事而不同意妻子回家，如果妻子直接去表达，缺乏耐性的年轻人之间就有可能发生冲突。这时老师相当于第三方，本身也相对客观，并且年纪较大，会看场面，由其出面转达可以缓和夫妻间的紧张关系，并增进其和谐度，可见这种规矩在古代的重要性。

"薄污我私"，"薄"是发语词，不过含有努力、勉励的意思，扬雄的《方言》对此有所说明。"污"的名词含义是污点，这里作动词用，指将污秽去掉，前面说过文言的词性转换非常容易，名词可以当动词或形容词用。"我"指我们，《诗经》中的"我"除民歌中对个人心志的表达外，一般都翻译成我们，属于复数。因为妻子要回娘家，所洗的衣服是全家人的，包括丈夫与儿童在内。"私"指私人所穿的衣物，扬雄的《方言》称"凡物小者谓之私"，内衣等衣物通常比较小，所以称为"私"。这句话是说努力将我们的内衣清洗干净。但具体如何来洗呢？"薄浣我衣"，"浣"字有"huàn""wàn"两音，学界对其意义存在各种解释，《说文解字》解作"濯衣垢也"。按照齐国人的说法，用水简单冲洗不太脏的东西叫"漱"，清洗有污垢的东西则为"浣"。可有的人又说，"浣"指清洗不是很脏的东西时用脚或其他东西来敲。郑玄的说法更为简单，即用手洗为漱，用脚踩为浣。我们在此将其简单译作清洗就好。关于"浣"，"西施浣纱"的典故十分有名。有些学者认为西施浣纱一事是虚构的，因为纱是用棉花做的，而棉花是从外国引进的，直到汉朝才有，从汉朝开始中国人才学会纺纱织布，所谓

国风·周南 | 065

"浣",即洗掉织布时添加的多余的浆。持这种说法的学者大概对古代的麻不太熟悉,也不太熟悉《诗经》。《诗经》中时常提到"沤麻""绩麻"等,也就是整理麻纱。除麻之外,西施的家乡到今天也是很有名的葛藤产地,而葛藤也属于纺纱织布的原料。"薄浣我衣",即所冲洗的是我们的"衣","衣"具体指外衣、礼服、大衣。

"害浣害否","害"读作"何","何"字直到战国时期才出现,《诗经》时代用的就是"害"字,这是在问哪些东西需要冲洗,哪些不可以或不必冲洗。这主要牵涉印染技术,在印染技术尚不发达时,衣服上的图案很多都是画上去的,所以不能浸泡太久,否则染料就会晕开,只能采用类似干洗的方法,在脏的地方撒上灰稍做擦拭,所以需要询问什么需要冲洗,什么不需要冲洗。事情都办妥后便要"归宁父母","归宁"就是指妇女回娘家,"宁"就是安的意思,向父母请安。有些人归宁时还要发请帖,以示隆重。

《葛覃》这首诗描述了古代主妇顺应大自然的节气,配合大自然的作息,从而尽到自己的职责,最终返回娘家的事情。

卷　耳

采采卷耳，不盈顷筐。
嗟我怀人，寘彼周行。

陟彼崔嵬，我马虺隤。
我姑酌彼金罍，维以不永怀。

陟彼高冈，我马玄黄。
我姑酌彼兕觥，维以不永伤。

陟彼砠矣，我马瘏矣。
我仆痡矣，云何吁矣。

《卷耳》的各家解读

《卷耳》这首诗比较复杂，到今天为止的各种解释都难免支离。整首诗描绘了王后领导团队设国宴，招待使者与外交官员的情形，后来内容遭到了曲解。其主要原因在于战国时强调君权集中，削弱了王后的权力，这首诗在当年变得毫无意义，因而被解释成妻子对丈夫的思念。其实，这种解释存在很多难以自圆其说之处。

《毛诗》说这首诗描述了"后妃之志"，也就是后妃的心；"又当辅佐君子，求贤审官"，要考核官员，"知臣下之勤劳"，了解官员是否足够努力；"内有进贤之志"，奖励贤能的官员，有才能的部下可以为丈夫省去许多麻烦；"而无险诐（bì）私谒之心"，"险诐"就是阴险，"诐"的意思是偏颇、偏心，"私谒"则是开后门、走后门，好的王后是不会让官员走后门的。《毛诗》的讲法完全符合理想的政治制度，但后来竟遭到历代学者的反驳。欧阳修称，王后"在于求贤，而不在于采卷耳，此荀卿子之说"，认为这是荀子的观点。他自己则认为"妇人无外事"，妇人管理的事情都在家中，"求贤审官，非后妃之职"。后代竟说王后不能参与政治，这是很不符合实际的。欧阳修的结论是"以采卷耳之不盈，而知求贤之难得。因物托意，讽其君子，以谓贤才难得，宜爱惜之。因其勤劳而宴犒之，酌以金罍，不为过礼，但不可长怀于饮乐尔"，讲得比较混乱，但他仍认为这首诗与官员卫道的努力有关。宋朝以后的人则往往将其解为妻子对远行丈夫的思念，比如清朝的经学家戴震就说"卷耳，感念于君子行迈之忧劳而作也"。还有人为这种解释作了插图，图中有妇人持杯饮酒，其实这与诗的内容相差甚远，古人宴会需设置两个铜罍来装酒，而插图中则将其省略，因为根本没有人会相信有妻子会搬两个大酒缸去外面采菜，采了一半又开始喝酒。有人又将其解为丈夫在山上喝酒,但一百斤重的酒缸又是怎么抬上山的呢?可见这里问题重重。

关键仍在于女性能否从政的问题。据《论语》记载,武王说"予有乱臣十人",说自己有十个贤能的人,这是周朝兴起的原因之一,《左传》与《大誓》对此也有记载。"乱"不是混乱的意思,《离骚》中也有"乱",东汉文学家王逸认为"乱"就是"理",郭沫若也说"乱"在古金文中都用为司,以治为义,是治理、统治的意思,可见将这一古字读成"乱"应是后代学者看错字导致的。学者公认武王的团队中有女性参与,有人推测其中的女性只有文王的妻子,也就是武王的母亲,但问题在于武王的母亲很难成为臣子。有人又说应为武王的妻子,所谓"强将手下无弱兵",优秀的丈夫一定有优秀的搭档。总之,周朝妇女可以参与政治,也存在女性在政治上表现突出的情况。

《诗经·小雅·甫田》有"曾孙来止,以其妇子,馌(yè)彼南亩"三句,"以"就是携带,"馌"就是送点心犒劳,由王后与太子做伴,带着美食去犒赏大家,因为春天农事开始时,国君要带头下田,王后与太子也要一同把甜点送去田里。郑玄就说,国君与王后带太子来到南方的田地,目的是让太子了解耕种的艰难,统治者必须了解民众的辛劳。这套理论在周朝被提出,这种从《诗经》传下的优良风俗,一直到唐朝时都还相当受到尊崇。现在的日本天皇在即位前也必须亲自下田种稻,以体验粮食的来之不易,皇后也要亲自学习养蚕缫丝,这都是受此传统的影响。但到了晋朝,经学家王肃竟说"妇人无阃外之事","阃"指闺房的门槛,认为妇女不必参与外部事务,眼界非常狭窄,孙毓也认为妇人不可以随便走出闺房,即使将东西送给自己的亲兄弟也不可以,这都是不太合理的说法,唐朝则比较尊崇《诗经》的传统。王肃与孙毓还将诗中的"妇子"解为农夫的妻子与儿子,但无法解释这两个角色为何会突然出现在行文中,所以遭到了孔颖达的反对。总之，周代妇女是可以参与社交活动的。

我们如果要将这首诗解释为对"王后设宴招待大臣"一事的描绘，还会面临一个问题，据古籍记载，王后是不可以出席贵宾宴会的，因为曾经发生过"阳侯杀蓼侯而窃其夫人"的悲剧，阳侯见蓼侯的夫人长得美，就把蓼侯杀掉，抢走了他的妻子。由此可知，古代诸侯的夫人可以出席国际性的宴会。孔颖达在解释《礼记》时就说，当年存在过这样的规矩，自从有悲剧发生以后，王后就不再参与大型宴会了，但事实上丈夫永远需要妻子的协助。

这首诗的解释之所以支离破碎，还存在几个重要因素，首先是据《左传·襄公十五年》记载，楚国重用了很多人才，令其担任内阁的大臣，比如"公子追舒为箴尹""养由基为宫厩尹"，养由基是春秋时期很有名的弓箭手，有百步穿杨的实力。《左传》对此评价道，"君子谓：楚于是乎能官人。官人，国之急也。能官人，则民无觎心。《诗》云：嗟我怀人，寘彼周行"，点出了《卷耳》与官人的关系。但接下来的讲法存在问题，"王及公、侯、伯、子、男、甸、采、卫、大夫，各居其列，所谓周行也"，因此误导的影响反而超过了引导的功能。除此之外，荀子的解读也对后世产生了不好的影响，"顷筐易满也，卷耳易得也，然而不可以贰周行"，"顷筐"就是斜口筐，它很容易装满，卷耳很容易采，可一旦想到国家公务，就无法好好采菜并装满顷筐了。"故曰：心枝则无知，倾则不精，贰则疑惑"，在想法产生分歧时，就缺乏敏锐的感觉，如果有所偏，就无法专精，如果分心，就会迷惑。荀子本来意在利用这首诗来讲他自己的道理，可后人认为整首诗就应该按照荀子的说法解读，从而将诗的主题当成了采菜。

日本学者青木正儿认为，这首诗本来是两首，后来被错误地合成了一首，其中一半讲妻子想丈夫，另一半则讲丈夫想妻子，这种说法也很奇怪。北京大学的讲义则认为，这是一首妇人怀念丈夫的诗，根据诗中所写的"金罍""兕觥"及"仆"等，所描述的应该是贵族而非平民。"采采"有两种含义，一种当然就是采摘、采了又采；另一种则是"盛貌"，很华丽的样子，形容卷耳长得很茂盛，二者都可通，北京大学讲义也无法决断。宋朝严粲的解释实际上已经非常接近。"此言使臣在途，归必劳之"，要慰劳归来的使臣，"后妃主酒浆之事"，王后负责酒宴之事，"豫采卷耳以为曲蘖（qū niè）"，卷耳是用来酿酒的，以上说法都正确。"故因见采卷耳者，而念使臣之劳，谓卷耳易得之草，顷筐易盈之器"，这里就又被荀子误导了，本来他在前面通过自己的思考已经接近本义了。

《卷耳》原文鉴赏

首先来解释"采采"。《诗经》中还有三处提到"采采"，其一是"采采芣苢"，这里解为采了又采尚可令人接受，但在《蜉蝣》中又有"采采衣服"，这里就只能解为颜色鲜艳悦目了。同样，"蒹葭采采"的"采采"固然可以翻译为采了又采，但作为对颜色的描述应该更为合理。总之，《诗经》中的"采采"最好统一翻译为颜色鲜艳悦目。这种说法首先是由闻一多提出的，他说"采采"是在形容花种的颜色，"采采芣苢""采采卷耳"与"蒹葭采采"中的"采采"都是形容词，这种分析是完全正确的，但他无法将这一解释与对全篇的翻译协调起来，可见这首诗的解读很有难度。

"卷耳"有制造酒曲的功能，将小麦或米蒸过后，将其发酵并晒干，这时需要用卷耳的叶子将其包裹，从而发酵产生黄黄绿绿的霉菌。这些霉菌不断生长蔓延，就从枯掉而有了破洞的卷耳叶子中长出，蒸过的小麦和米本身的水分也会慢慢渗出来，所以卷耳的叶子虽已枯干，但仍会呈现出悦目的颜色。这就是所谓的"曲"，主要用来酿酒。

竹篮子中的酵母菌本来满满当当，现在为了酿酒招待官员们而用掉了很多，所以说"不盈顷筐"。为什么要使用"顷筐"，也就是斜口筐呢？这是因为方便操作。顷筐的形状接近簸箕，今天夜市的商人也会使用浅浅的筐，以便用手抓菜。这里是讲用掉了太多的酵母菌，有些浪费，因此感到惋惜。

"嗟我怀人"，"嗟"是叹词，可以翻译成啊。"我"仍指我们，准备宴会不是一个人的事。"怀"是及物动词，其受词是人。《论语》中提到过"鄹人之子"，"鄹人"就指孔子的父亲——鄹邑大夫叔梁纥，传统的正式用法中以"人"指称大夫等高级官员，这首诗也是如此。"怀"解作慰劳，相当于安的意思，我们要设宴慰劳官员们。

"寘彼周行"，过去多将"寘"（即"置"）解为安置、摆放，称妻子既然是在采菜时想到了丈夫，就把菜篮放在了大路边，这种解释过于简单了。"置"其实是一种较大的传车单位，据《孟子》记载，孔子说"速于置邮而传命"，"置"和"邮"都是传车，只是编制大小有区别。考古学家在敦煌发现了汉朝时设置的"悬泉置"遗址，并根据遗址做了模型，从模型可以看出，这个驿站像碉堡一样，规模相当大。根据汉代竹简的记载，这个驿站有四十匹马，相当于县级驿站。古代县级单位的驿站很大，普通的驿站编制只有三匹马而已。另外，"置"以马车为主，一般的驿站则没有车，其中的马多用来骑乘，因此诗中的"寘"要翻译为驾驶马车、驾驶传车。"周行"就是周道，即国道，官员们要乘着传车在国道上奔波，为国效劳，所以要加以慰劳。周朝的道路分成三种，有"经途"，即首都的大马路；还有"环途"，城邑四周的马路；另外就是野外的道路，其规模各有规定。沣河地区曾发现过西周时期马路的基础，其路面宽十至十三米，最宽可达十五米，这已经是大马路的规模了，可见周朝的道路建设颇为发达。此外，周朝的道路又有两种类型。古时的马路通常是沿河修筑的，因为早期人们并没有能力穿越崇山峻岭，只能顺着河流越过重重山脉。官员们平时所走的都是这种河边的快速道路，就像《小雅·皇皇者华》记载的那样。然而，这些道路有时是不能走的，一旦下大雨或是发大水，它们就会消失，所以国家有必要设置战备道路，以便应对紧急事故，同时防范有人作乱或叛变。这种道路一般就设置在高山上，曹植的《赠白马王彪》一诗就描绘了雨季在战备用的泥泞马路上行路的艰辛。总之，如果写走很平顺的道路，显然无法表现使者的辛劳，所以《卷耳》就按照高山上的战备道路来写，这是选材的一种技巧。

"陟彼崔嵬"，"陟"是登，"彼"是语助词，可不译；"崔嵬"指山岭崎岖不平，这首诗始终在强调地形，因为南国的地形十分特殊，很不好走，这里是讲登上了高低不平的土山。

"我马虺隤"，"我"仍是我们，可译为我国或我们家，"家"指诸侯、大夫等贵族的家，相当于私人朝廷，拥有私人的马匹与马车，我们在此简单译作我们国家。我们国家的马匹都"虺隤"，"虺隤"是描述生病的样子，还有人说是指腿脚酸软的样子，因为爬得很高，路又不容易走。我们只能这样大致做解释，毕竟年代过于久远，很多细节已经无法了解了。

"我姑酌彼金罍"，"姑"是通假字，等同于"盬（gǔ）"，指用嘴巴吸，比如《左传》记载"晋侯梦与楚子搏，楚子伏己而盬其脑"，晋侯梦到与楚王作战，战败后被楚王吸食脑汁。古人用舀子在酒缸深处舀酒，舀上来后再倒入酒杯中，这称为"姑"，正确的解法就是"盬"。"罍"通常是指一种无盖的盛酒器，一般重达十公斤，妇好王后的罍有盖，重三十五公斤，本诗所描绘的也是王后级别的酒缸，我们姑且算作二十公斤左右。在祭祀仪式上，罍一般放在东边主人的位置,与王后有关。战国铜器上的一些图画描绘了周朝人宴会中的状况,按照惯例往往要设置双罍,一般女性显然无法拿动,所以要到金罍旁边去汲酒、倒酒。

"维以不永怀","维"可以翻译成但、但愿,"以"就是使,"永"就是长。需要注意,这里的"怀"不是安慰、慰问的意思,它是不及物动词,我们可以翻译为感伤,但愿他们不会长久地感伤。同一首诗中的两个"怀"字有不同的解释,这在古人那里是可以接受的,比如对《诗经》中的"风"亦有"风,讽也"的解释,以风来讽;再比如《说苑》中的"春风风人,夏雨雨人",读音不同,词性与意思也就不同,这有时也是出于显示学识的考量。

"陟彼高冈",登上高高的山脊,山冈就是山脊最高之处。

"我马玄黄",青黑色为"玄",这里是说马的毛色已经变黑,快要病倒。

"我姑酌彼兕觥","兕觥"是一种有盖的酒杯,体积较大,盖子上有一条曲线,看上去很柔和,但一定还会有两只角,就像两头牛相斗一样,这是为了鼓励大家多进行猜拳、碰杯之类的活动,多多饮酒。兕觥的重量较大,比如妇好墓出土的觥重量在三至九公斤不等,一般需要两只手拿着,然后用上面的角相互撞击。两只角是鼓励大家斗酒,而曲线又是提醒大家要态度柔和,这是古人的一种饮酒哲学。从修辞的角度讲,这种酒杯可以代称"盛馔",也就是很丰盛的宴席。

"维以不永伤","维"仍是但愿的意思,但愿他们的悲痛不会长久。

最后一段写道"陟彼砠(jū)矣","砠"就是有土的石山。中国有一条从洛阳蔓延至南国的黄土地带,其土质营养价值较高,耕种也较为容易,所以古代贵族纷纷争抢。据杨绛的《干校六记》描述,她在息县时,一下雨就会满地泥泞,连屋里的地面都潮湿得快要变成泥浆,而泥路经太阳晒干后又会变得很硬,上面留下的车辙几乎像刀刃一样坚硬，总之晴天、雨天都很难走。这首诗一直在强调特殊的泥土与地形。

登上了带土的石山，"我马瘏（tú）矣"，"瘏"就是生病，我们的马都生了重病。"我仆痡（pū）矣"，这里的"仆"一般译作仆人，实际上应该是指车夫，或者是驾车的官员。根据古代的官制，驾车的官员往往被称为仆，比如《周礼》中管车的官员称"太仆"，其下又有"祭仆""御仆"等。同样，《后汉书》所描述的汉朝九卿中也有"太仆卿"，是二千石的大官，掌管天子的马车。诗中的四字句无法容纳太多信息，这里的"仆"实际上并非仆人。

"痡"是病的意思，《尔雅·释诂》说"痡、瘏、虺颓、玄黄、劬（qú）劳"等都指病。古人有"疾甚曰病"之说，小病叫作"疾"，大病才叫作"病"，与今天的用法不尽相同，东汉初年大学者包咸的《论语》注，以及《仪礼·既夕礼》中都有这样的说法。"痡"一般解为操劳过度，累到脱力，既然是大病，我们也可以解作病倒，不过事实上官员们虽然很疲倦，但也不会真到一病不起的程度，诗中的描述采用了夸张的修辞手法，以此对使臣们的辛劳表示赞美。况且这首诗本是用来在宴会上演奏的，若能产生令听者闻之一笑的效果，稍作夸张也无妨。

"云何吁矣"，"云"是语气助词，"云何"就是如何，这在《诗经》中是十分常见的。"吁"字一般解为叹息，有人也将其解为盱，意为忧愁，皆通，不过翻译成叹息为好，因为《小雅·都人士》中也有一句"云何吁矣"，也是解释为叹息，而且这样解释还可以同开篇处的"采采卷耳，不盈顷筐"前后呼应，一开始是在感叹恐怕浪费了卷耳，本来一大筐的酵母菌用掉了很多，后面则了解到官员们的辛劳，于是反思自己，为什么还要叹息呢？原本是不应当叹息的。这就是首尾呼应的行文技巧。

樛 木

南有樛木,葛藟累之。
乐只君子,福履绥之。

南有樛木,葛藟荒之。
乐只君子,福履将之。

南有樛木,葛藟萦之。
乐只君子,福履成之。

人们对《樛（jiū）木》的一个常见误解是，看到其中"君子"的字眼就以为是在描绘男性，其实古代也有女性当统治者的情况，比如有些贵族世家的公主生下来就拥有封地，那么她从小就是君主了，这种情况十分常见。《周南》中的音乐大都属于房中乐，是在后妃的宫中、女性的宴会上演奏的。我们知道，老树的枝干会下垂，王后、太后在经历生育后也容易逐渐衰老，且身边往往有人服侍，比如走路时要人搀扶等，这就是《樛木》一诗的由来。它主要的描述对象就是上了年纪的太后们，她们的身体机能减弱，四肢不受控制，就像老树的枝干那样垂下来。自然界中有些藤萝之类的植物会攀附到老树的枝条上，形成互利共生的状态。《毛诗》说这首诗描述的是"后妃逮下也"，"逮"就是及，她的恩泽可以施与下人，也就是能够照顾下属。总之，这是用来祝福长辈安乐长寿、福禄永存的一首诗歌。诗中提到的"葛藟"，也就是攀缘于老树之上的藤萝，具有药用价值，它的灰能治疗金疮、止痛止血，因为这类植物在战场上十分常见，可用于就地治疗。由此可知，《诗经》中提到的草木中颇有些重要的药材。除了藤蔓说外，还有人认为葛藟是一种土生土长的、果实较小的野葡萄，它与一般的葡萄不同，缠绕在树木之上，《本草纲目》中称为"千岁藟"，长到上百年后根部比人还要粗。这种水果具有续筋骨、长肌肉、减轻疼痛的作用，因而可以为老年人解除烦恼。读《诗经》除了能加深我们对人生的认知，也能提醒我们好好关爱老年人。

关于藤萝或野葡萄攀缘于树木的隐喻，《小雅·南有嘉鱼》一篇中也有涉及，"南有樛木"，南方有着枝干低垂的老树，"甘瓠累之"，瓠瓜中有些是苦瓠，只能等枯干后当作塑料制品一类的工具，可以浮在水上，不可食用，"甘瓠"则甘甜可食。"累"就是缠绕。郑玄认为这是对"君子下其臣，故贤者归往也"的隐喻，"下"就是谦虚，由此获得贤能之人的归附。孔颖达也说这里的甘瓠是贤能之人的象征。

此外，"瓠瓜"还是一个星座的名称，又叫"天鸡"。在古代神话中，天鸡一叫，天下的公鸡就都跟着叫，天鸡几乎等同于凤凰之类，再加上"甘"字，就可以让我们联想到贤能的人。总之，开篇处对老树低垂、葛藟依附的描述使用了"兴"的技巧，表示谦虚对待下人的统治者能够获得在野贤人的归附。

本诗的另一个难点在于对"乐只君子"的解释，《小雅·南山有薹》中也有同样的句子，郑玄注曰："只之言是也。""之言"是犹如的意思，他认为"只"相当于是。这样的"只"字在《左传》中也有出现，有学者认为"只"当为"也"之误，这种观点只能当作参考。孔颖达进一步注解道："我人君以礼乐乐是有德之君子。"天子为有功劳的诸侯或卿大夫颁奖，这时要有乐队专门为此演奏音乐，从而让君子感到欢乐与荣宠。"乐只君子"一语又见于《小雅·采菽》，郑玄与孔颖达的解释也一如其旧。总之，"乐"可以简单翻译为快乐或安乐。

下一句是"福履绥之"。"福履"就是福禄，"履""禄"声母相同，属于双声的情况，故可相通，这是最简单的解释。福禄从何而来呢？《大雅》中有一首《凫鹥》。"凫鹥"是野鸭一类的水鸟，其中提到"公尸燕饮，福禄来成"。周朝在祭拜祖先时，要由臣子扮演祖先的灵魂，天子则陪他们饮酒。饮到最后，双方都很高兴，代表祖先的"尸"就会念出答谢词，其内容便是赐予福禄。也就是说，福禄并非个人努力所得，而是来自神灵的赐予，所以郑玄解为"以与公尸燕乐饮酒之故，祖考以福禄来成女"，孔颖达解释为"为神所悦，以此致福禄而来成，汝孝子是为神所安乐之也"。总之，古人习惯于相信福禄来自神赐，因此我们在翻译时也要在句前或句末加上"神"字。"绥"是古代马车上的一条绳子。古代马车上通常会有两条绳子，以供人们上车时拉拽使用，其等级也有高低之分，低级的供车夫使用，高级的则留给贵宾。《论语·乡党》提到"升车，必正立执绥"，曹魏博士周生烈注曰"所以为安",也就是上下车时要站好,而且要拉住马车上伸下来的"绥",孔颖达疏也称"绥者,挽以上车之索"。此外,还可参考《礼记·少仪》之说,"仆于君子,君子升下则授绥","仆"就是帮君子驾车的人,"升""下"指上下马车,在这两种情况下都要把绳子交给君子。按照《少仪》中进一步的说法,为了对这些长者进行服务,驾车的人甚至连佩剑的方式都要有所调整。我们之所以在一些出土的马车实物中看不到绥的踪影,是因为绳子埋在泥土中早已腐烂,不过秦始皇的铜马车不同,上面可以看出两条绳子的痕迹。车夫在上下车时要赶快将其中一根绳子解下,绕在自己身上,并将另一根递给贵宾,从而将贵宾拉上车。"绥"字因此引申出了安定、平安的意思,而成语"福履增绥"就出自《樛木》,在一般书信中用于表达对长辈的祝福。总之,"福履绥之"在此译作神灵赐予福禄,使她事事平安、凡事安宁。

"南有樛木,葛藟荒之",南国有着枝干低垂的老树,葛藟"荒"之——意思是葛藟覆盖在它身上。"乐只君子,福履将之","将"有两种翻译,一说为大,另一说为帮忙扶持,二者其实是相通的,比如说人家兴旺发达、欣欣向荣,也就有扶持、帮助的意思,这里可以简单翻译为神使君子安乐,赐予福禄,使他兴旺发达。

"南有樛木,葛藟萦之","萦"就是缠绕。"乐只君子,福履成之","成"就是成就,也就是令他功成名就。

以上整首诗都是在赞美上年纪的后妃,因为她们能够照顾下属,所以下属乐意围绕在她们身边,就好像《红楼梦》中贾母在出场时身边围绕着一大群人那样,贾母照顾下属,别人就乐意烘云托月,双方互蒙其利。

螽 斯

螽斯羽，诜诜兮。
宜尔子孙，振振兮。

螽斯羽，薨薨兮。
宜尔子孙，绳绳兮。

螽斯羽，揖揖兮。
宜尔子孙，蛰蛰兮。

螽（zhōng）斯是昆虫类，产卵时一胎就有上百只小虫，《毛诗》因而认为这是在赞美后妃子孙众多，人多势众以让政权更加稳固。由此，后世在祝福人家多子多孙时，往往也会使用螽斯的意象。这首诗十分简短，不同段落间也只有四个字存在变化，这属于所谓"叠咏"的技巧，即文字有所重复、重叠，由此产生排比、铺陈与夸张的表达方式，这在术语上又叫作"反复回增"，每次出现的效果都要比前一次更强，就像音乐中的主旋律，听众会越来越期待它的再次出现。

《诗经》很擅长利用这种技巧，这是早期社会浑然天成的民歌中自然流露出的表达。此外，螽斯还会鸣叫，我们在夜里或多或少都听见过，只是不一定有所察觉。有人评论说，螽斯的鸣叫声就像小提琴在演奏，螽斯是黄昏以后大自然中最优秀的乐手。与螽斯有关的习俗为数不少，比如小孩子满月、周岁时会获得上面刻有螽斯形象的铜币，还有些人家的门与匾额上也会雕刻螽斯的图案，这都是对多子多孙、人丁兴旺的期盼。《本草纲目》将螽斯说成一种媚药，这类药物在上古时期已经颇为成熟，在古代贵族那里大概也很受重视，但实际上对使用者可能会产生不好的影响，甚至可能会遗祸子孙。国宝"翠玉白菜"中也有螽斯的身影，上面雕刻有两只虫子，一为蝗虫，一为螽斯，其中身体比较短、翅膀比较长的是螽斯，因为它要靠翅膀演奏音乐。这里的雕刻或许与事实不尽相符，因为螽斯不太像害虫，很少去破坏农作物，而是偏向肉食，有些品种专门吃蟋蟀，可能也会捕食蝗虫。

开篇处写道"螽斯羽"，"羽"当然是指翅膀，但在这里用作动词，指摩擦翅膀演奏音乐。"诜（shēn）诜兮"，"诜诜"是众多的意思，我们可以翻译为洪亮或响亮，指声音多而洪亮。"羽"还有另一个意思，在宫、商、角、徵、羽传统五音中，羽音相当于今天的"la"，羽调的音乐以"la"为主音，偏向令人产生宏伟、悲壮的感受。根据实验研究，这种音乐可以提升个体的愉快等正面情绪水平，增强这类体认

国风·周南

与认知，从而有助于睡前的平静。螽斯演奏的音乐在古人听来可能是接近羽调的。

"宜尔子孙"，关于"宜"存在各种说法。在古代的一般经文中，"宜"的写法是"且"中有两个"月"——"月"的含义就是肉块，这表示在砧板上放着煮好的两块肉，是一种祭祀仪式，《说文解字》将其解释为"所安也"，因为人们相信祭祀之后就会平安无事。郑玄将这里的"宜"解为"宜然"。清朝学者王引之将其当作无实义的语助词，认为完全可以不译。清朝的训诂学家刘淇则认为"宜"是"应合之词"，也就是应该、合该、理当的意思。研究虚字的专家裴学海指出，王引之的看法是错误的，"宜"应该解为望，也就是希望的意思，但这种说法今天无人接受，主要原因在于他参考的是汉代高诱的说法，例证太少，年代也太晚。刘淇的解释其实与郑玄和《说文解字》相通，我们在此将"宜"译作应当，你的子孙应当像螽斯这样好，即又多又优秀的意思。"希望"的译法十分简便，但不够准确。

"振振兮"，"振振"是美盛的意思。《左传》记载了如下的故事：晋国借路于虢国，要去灭掉虞国，结果在班师时顺便灭掉了借路的虢国，这也是成语"唇亡齿寒"的由来。文中在描绘晋国军队时说"均服振振"，可见其阵容非常盛大，服装华丽而美观，杜预就将"振振"解释为盛貌，我们可以译作阵容浩大、美好又壮观等。《毛诗》则将《诗经》中的"振振"一概解释为仁厚、信厚，这是根据音义相近的原则来解，自然也能成立，不过仁厚、信厚的品质与螽斯并无多大关系，螽斯演奏的场面十分壮观倒是一定的。

"螽斯羽，薨薨兮"。螽斯摩翅膀，"薨薨"是螽斯合奏时响亮的声音。大家知道，"薨"字在古代有死亡的意思，但因为这是指诸侯的死亡，所以在古人眼中反而并非不祥。古代贵族下葬时，午时一到，执行官就敲钟，周围的士兵就立刻把土推到预先挖好的墓坑里去。天子的墓坑最大，里面挖出的土很多，推下去时的声势仿佛山崩一样，所以天子过世称为"崩"。诸侯的墓坑少了四条走道，声势要弱一些，所以只能达到"薨"的地步，"薨"因此被用来形容诸侯级人物的死亡。螽斯摩翅膀，发出响亮的合奏声，其声"薨薨"。"宜尔子孙"，你的子孙就应当这样，"绳绳"，《毛传》认为"绳"与"慎"声音相通，因此解为戒慎，这本来无可厚非，但实际上与螽斯没有什么关联，所以我们在此参考朱熹的说法，"绳绳"就是不断绝、相继不绝的意思。这是对子孙代代相承的祝福。

"螽斯羽，揖揖兮"，"揖"通"辑"，相当于和，可以解为和好、和睦等，这是形容演奏声音的和谐。《释诂》就指出，"协""谐""辑"都有"和"的意思。螽斯摩翅膀，它们的演奏和谐而悦耳。诗歌将要结束，和谐的意义是其赞颂的重中之重。"宜尔子孙，蛰蛰兮"，"蛰"本来指安静不动，进而引申出和谐的意思，有人认为当译作"众多"，也可成立，不过更好的译法是考虑到其与螽斯乐声的关联：螽斯如小提琴般的演奏十分和谐，隐喻兄弟们也要十分和睦。古代有君王继承权的家庭中，兄弟往往会自相残杀，斗争非常激烈，有时甚至会出现将兄弟满门灭口的情况，即使唐太宗这种所谓明君也不能幸免。理想的情况当然是子孙们团结和睦，因此整首诗最后落脚于对贵族子孙们和谐相处的期待。

桃　夭

桃之夭夭，灼灼其华。
之子于归，宜其室家。

桃之夭夭，有蕡其实。
之子于归，宜其家室。

桃之夭夭，其叶蓁蓁。
之子于归，宜其家人。

《毛诗序》说《桃夭》写的是"后妃之所致","所致"就是达成的功绩,描述后妃的功劳或贡献。诗中提到了叶子茂盛的景象,茂盛的叶子可以帮人遮挡阳光,这里可以比喻对下人的照顾,因为古代贵族要向其统治的百姓征税,所以要好好照顾他们。后妃最理想的美德就是不但能照顾好家庭,还能荫庇百姓,就像树叶挡住阳光,这也是后妃的功劳与贡献。简单来说,《桃夭》就是一首在春天里描述或祝贺新娘的诗歌。为什么要使用桃花的意象呢?桃花艳丽而娇嫩,所以自《诗经》以来,中国诗歌中就形成了以桃花象征美人的传统,这纯粹是一种褒义的形容,北国少女皮肤白皙,看上去白里透红,十分美观,桃花的贬义是后世才逐渐引申出来的。"桃之夭夭","夭"有好的意思。《说文解字》称"夭"是歪曲的形状,段玉裁注曰"象首夭屈之形也",即表现头部歪曲之状。下面说"物初长者尚屈而未申",种子发芽后,通常需要加以保护,比如豆科植物会有很硬的外壳始终包裹在根部,以防被鸟吃掉,但这种保护壳本身也有重量,因此会导致头部歪斜,"夭"就是描述这种植物为了生存而自然呈现出的现象。唐代陆德明的《经典释文》则认为"夭"即"杕",是"木少盛貌",也就是树木年轻而茂盛的样子,或者说是形体的婀娜多姿,我们在此简单将"桃之夭夭"译作桃树长得娇艳美丽。"灼灼其华","灼"是假借字,本字是"焯",本身是火在烧、火光的意思,火光当然是明亮的,"灼灼"由此可以形容花朵的茂盛、鲜艳或耀眼;"华"就是花。

"之子于归","之"就是指这位女子、这位新娘;"于"可以翻译成往,这是《毛传》的解释,也可以将其当作语气词而不做翻译;"于归"也就是出嫁。"宜其室家",前面介绍过商周时期"宜"的写法,它与祭祀时所用的肉有关,所以后来汉朝人就将其解释为肴、肉等,这种解释于本诗而言当然是不合适的,我们应取其引申义,解为合宜、合适,与"宜尔子孙"的情形类似。在楚国的竹简或帛书中,

"协""谐"时常一起出现，意思相通，因为发音也都一样。祭祀后产生的效果就是合宜，相关的常用词如"宜男"，这是过去的社会对妇女成为理想妻子的形容。另外，《大学》里"宜兄宜弟"中的"宜"也解作和顺，指相安无事、和睦相处。接下来对"室家"的解释牵涉古代的实际状况，"室家"包含的范围很广，我们在翻译时可以采用范围由小到大的策略，参考新娘嫁人时的一般顺序。根据《国语·鲁语》的记载，"天子及诸侯合民事于外朝"，天子与诸侯最少有两个办公室，最外面的就是外朝，是施政的地方，用来办理老百姓的事情；"合神事于内朝"，在内朝办理的就是家族祭祀之事。对卿以下的人而言，"合官职于外朝，合家事于内朝；寝门之内，妇人治其业焉"，官职公务在外朝办理，家事在内朝办理，后者相当于私人的办公厅，又叫"治朝"，这种"家"一般为卿大夫或有封地的诸侯所拥有；最里面则是寝室，那里才是妇女活动的地方。那些隶属于"家"的管理，需要向"家"缴税的人民就是所谓的"家人"，简单地说也就是平头百姓，比如《史记》记载："士卒尽家人子，起田中从军。"从田中起来参军，所以对军队的规矩一窍不通，"家人"不是士大夫的子弟，而是种田人。唐朝司马贞的《史记索引》就以"庶人"注解"家人"，颜师古对《汉书》的注解与此相同。再如《汉书·栾布传》记载，栾布的朋友彭越在封王之前也是"家人"，即缴税的平头百姓。

汉朝初年，因为局势的变动，贵族与平民间存在相互转化的情况。而在上古时期，百姓如果住在中央政府的直辖地，由君王直接统治，就要直接向国家缴税；如果所住的地方是诸侯或卿大夫的封地，就要向诸侯或卿大夫缴税。《诗经·魏风·伐檀》里面讲"不稼不穑，胡取禾三百廛兮"，"三百廛（chán）"就是三百户人家，他们住在大夫的封邑中，需要直接缴税给大夫。

我们回到《桃夭》，"之子于归"就是指这位女子出嫁，"宜"是合宜、适宜，朱熹《诗集传》将其解为和顺。《诗经》中的"室家"一词所指的最小范围就是夫妻之间的关系，有时候还可以只指房子、土地，但不包括里面的人。

以上为第一章，所描述的是刚结婚时的情形，因此应将重点放在夫妻之间，"宜其室家"是讲夫妻之间一定很合宜，因为桃树可以暗指新娘年纪很轻，在很合适的年龄就已成家。总之，这一章除表示夫妻之间感情好外，也暗示双方结婚的年龄很恰当。

下一章说"桃之夭夭，有蕡（fén）其实"，一般认为"蕡"是大的意思，也有人认为是多的意思，因为古人希望子女兴旺，这两种翻译在此皆可通。又有学者将草字头去掉，认为"蕡"字与"贲"字义同，也有大的意思。古人又有将"蕡"读成"bān"的，等同于"斑"，也就是颜色很艳丽、很悦目的样子，好像苹果成熟时的状态，我们在此就简单地将"有蕡"译为多而大的样子。"实"就是果实，文雅一点儿来说就是果实累累，而且硕大。

"之子于归，宜其家室"，"家室"与"室家"同义，这里倒过来说是出于押韵的考量。第一章描写的是刚结婚时的情景，家庭中最亲密的就是两个人，现在有了"果实"也就是小孩子，就可以进一步翻译成"一家人"了，这句诗是说家庭和睦、和谐的。

"桃之夭夭，其叶蓁蓁"，这里描述的对象转到了树叶。《毛传》认为"蓁蓁"指草木茂盛，如前所述，叶子对人类来说具有遮挡阳光的作用，可以比喻新娘对其"家人"，也就是其夫征税地区之百姓的荫庇或保护，这里是说她能够令这些百姓也处于和谐的状态中。

兔　罝

　　　　　　　肃肃兔罝，椓之丁丁。
　　　　　　　赳赳武夫，公侯干城。

　　　　　　　肃肃兔罝，施于中逵。
　　　　　　　赳赳武夫，公侯好仇。

　　　　　　　肃肃兔罝，施于中林。
　　　　　　　赳赳武夫，公侯腹心。

《兔罝（jū）》这首诗表面上看是描述猎人捕捉兔子时的场景，实际上有所影射，使用了借代的手法。一般而言，捕兔子的人都是武夫，他们不读书，与文士有区别。但古代战争频发，人们在战争年代相当重视武士，《兔罝》就是在赞美一群可以抵御外侮的勇士。《毛诗序》说这首诗是在描述后妃的教化，多少有些牵强。《墨子》中有"文王举闳夭、泰颠于罝罔之中"的说法，"罝"是捕捉鸟兽用的网，"闳夭、泰颠"这些贤臣原本是用网捕猎的猎人，与罝网有一定的关系，因而代表武士的身份。文王之所以能够有所作为，离不开所谓的"四臣"，也就是一开始就拥护他的四个贤臣。

这种捕兔的网其实是一种很简单的圈套，它在古代又称为"蹄"，《庄子·杂篇·外物》曾提到"蹄者所以在兔，得兔而忘蹄"，"蹄"就是兔罝。它虽然只是一个圈套，却非常牢固，比如《战国策》中有一段描述，有人设置了系蹄，结果抓到了老虎，老虎一直无法挣脱，最后只好把自己的爪子咬断。可知这样的绳套有时可能非常牢固。

开篇写道"肃肃兔罝"，"肃"与严有关，这里指捕兔的圈套制作得十分坚牢。"椓（zhuó）之丁丁"，"椓"是动词，指敲打，因为人们害怕野兽将绳套拖走，所以在绳套上还会系另外一条绳子，把它绑在木桩上，将木桩钉在泥土里，这样就能防止被野兽拖走了。"椓"就是把木桩钉入地里，"丁丁"则是敲打时发出的声音，属于拟声词。这句话翻译为把木桩敲进地里，发出叮当的声音，以上描述都与武士有关，因为这些劳作都是武士才会做的。

"赳赳武夫"，一般看到的"纠"是通常写法，正写则是"赳"。"赳赳"就是雄赳赳，或者说威武、雄壮、英勇的样子。"公侯干城"，这位雄赳赳的武士是公侯的干城，"公"即王公，"侯"即诸侯，二者是高阶统治者的代称。"干城"在这里属于借代的用法，"干"本义为盾牌，刘邦的坟墓长陵中出土了许多殉葬的陶俑，其中很多俑手拿干，这些盾牌有大小两种，小的供骑兵使用，因为在马背上不方便使用太大的兵器，步兵用的盾则比较大，因为它可以在士兵进行下蹲等动作时将自己的整个身体保护起来。"城"就是城墙。所谓借代的修辞法，也就是"用相关的来替代"，比如曹操的《短歌行》，如果写成"何以解忧，唯有酒"，就不太像一首诗了，所以就用造酒的人，"杜康"来代替"酒"，杜康是历史上改良酿酒技术的杰出人物。最早使用这一手法的文学作品就是《兔罝》，它以"干""城"这两样东西来借指富有才智、保家卫国的武士们，"公侯干城"就是为王公诸侯们抵御外侮的人才。属于同样用法的还有下文的"腹心"，我们知道腹、心与人的生命是分不开的，因此以其代称靠得住的亲信、部下。

"肃肃兔罝，施于中逵"，这里的"施"不需要读成"曳"，"曳"是拖长、延长的意思，而"施"在此处是设置的意思，相当于"设施"的"施"。"逵"是大马路，在古代是专名，指"九达"的道路，它的一个路口可以通达九个地方——当然，这种路口不多，通常在京城才会有，后来则泛指四通八达的大马路。"中逵"也是《诗经》为了押韵而使用的倒装句法，其实也就是"逵中"，即大马路中央。

"赳赳武夫，公侯好仇"，"好"是动词用法，指喜好、中意；"仇"是搭档、助手、配偶的意思，它属于假借字，直到近几年才有年轻学者发现了它的本字，因为比较难写，所以一般就用同音的"仇"来替代。上古时代，最理想的领导者要拥有一位干部，他的能力强到与领导不相上下，这是极为难得的助手。"好仇"即中意的理想搭档，可以简单译为"好助手"。

"肃肃兔罝，施于中林"，"中林"就是林中、树林里面，把它设置在树林中。兔子、鸟类等动物对于生长的环境具有依赖性，总会按照既定的路线行动，一旦习惯了就不会轻易改变，因此很容易被抓到。诗中描述的就是这种情形，兔子时常出现在树林等地，因此可以把圈套设置在树林中间。同样的，如果在大马路上发现了兔子走过的痕迹，那么在马路上设置陷阱也一定可以抓到它。

"赳赳武夫，公侯腹心"，雄赳赳的武士是王公诸侯靠得住的人才或亲信。

芣苢

采采芣苢，薄言采之。
采采芣苢，薄言有之。

采采芣苢，薄言掇之。
采采芣苢，薄言捋之。

采采芣苢，薄言袺之。
采采芣苢，薄言襭之。

《芣苢（fú yǐ）》虽然简单，但在解读上存在很多问题。"芣苢"是一种植物，一般称为车前子，《毛诗序》说这首诗讲的是"后妃之美"，是在赞美后妃，这种讲法应该有其根据，但我们后人无法理解。整首诗大致上是妇女采集车前子时所唱的短歌，古时候的百姓在从事笨重或单调的工作时，为了振奋精神与士气，提升工作效率，就会一起唱歌，以便控制节奏，一同出力，使动作更加整齐。更准确地说，这首诗很可能是女奴在采集车前子时所唱的短歌。诗歌如果过于复杂，唱的时候就会分心，所以工作时唱的诗歌往往非常简单。

　　车前子是多年生草本植物，栽培时很容易管理，但收割起来十分麻烦，《芣苢》一诗就是在描述收割芣苢的过程。芣苢在南方从六月开始就长出种子，北方则要等到八月，所以就有两种收割时间。刚采下的种子是青绿色的，没有完全成熟，如果无法晒干，可以将其炒至微微焦黄来进行保存。芣苢的种子含有胶质，可以用来增加丝织品的光泽。据《本草纲目》记载，芣苢可以"强阴益精"，对生育有帮助，对男女都有作用，甚至可以治疗妇人难产，此外还能在战场上治疗金疮。有些研究《诗经》的学者认为，整首诗意在表达芣苢治疗难产的功能，但据我判断，此处所强调的可能还是工业用途，因为周南地区在春秋以前是很有名的丝织品产地，他们拥有特殊的加工技术，可以让丝织品显得亮丽光鲜，而芣苢这种材料刚好具备这一功能。后来四川的织锦也是如此，诸葛亮治下的四川很重要的一项收入来源就是造锦，那些蜀锦都要放到锦江中泡水，专家推测锦江水中可能含有一种特殊的矿物质，正好可以增加丝织品的光泽。

　　关于女奴，在出土文物"逋盂"的铭文上有所记载——盂是一种盛水的工具。铭文记载了"小臣"帮后宫挑选侍女的事情，其中提到了"寮女"与"寮奚"，前者为宫女之类，后者即女奴，这两类人都与后宫、王后和太后有关系。"小臣"不一定是太监，也有很多是皇亲国戚的小孩，比如王后娘家的小孩就可以担任此职，因为他们可以在后宫跑来跑去，并且比较乖巧。古时候的女奴是怎么来的呢？通常是因为本人或家长犯法。如果本人具有一定的才华，则可在奴隶中担任比较轻松的工作，而如果缺乏技能，就只能当"奚"，后代宫廷中的很多侍女都是这样产生的。另外，如果侍女的身份曾经十分显赫，甚至是很高级的贵族，那么凭借个人的才华与努力，也很可能在未来恢复身份。由此出发，《毛传》说《芣苢》这首诗与后妃之美有关，可能是不无道理的。

"采采芣苢"，"采采"是指颜色鲜艳悦目，芣苢的种子成熟时可能具有绿、黄、红、紫等多种颜色。"薄言采之"，"薄"是勉励、努力的意思，这里是描写采摘还未开始的情景，表示即将行动。接下来是"采采芣苢，薄言有之"，"有"就是采取、取得的意思，努力地将其采下。"薄言掇之"，"掇"就是摘取、拾起，因为芣苢的种子可能从穗子上掉到地上，还有些植株甚至会像稻子般贴在地面上，因此需要将其拾起。然后是"薄言捋之"，"捋"就是用手紧握住穗子的尾部，然后将种子全部抹下来。

以上几句是在描述采摘芣苢种子的不同技巧，也说明了采摘工作棘手而艰辛。

"采采芣苢，薄言袺（jié）之"，"袺"就是把衣角提起来，从而把东西兜进去，这里我们翻译成努力用衣服把它兜起来。最后是"薄言襭（xié）之"，"襭"就是把衣角插在腰带上。殷墟曾出土过一些大理石像，由复原图可见，在衣服侧面与正面的腹部位置都有一种特殊的设计，像是斧头的形状，周朝的玉人雕像也是如此，这就是所谓的"蔽膝"。一般女性的工作服外还要再加上一条蔽膝，这种东西甚至在20世纪五六十年代仍然流行，当时新娘出嫁必须有蔽膝，因为出嫁后要做家事，这种围裙可以防止把里面的衣服弄脏，有时候需要装些东西，就可以用手把围裙的两角提起，形成一个兜子，前面的"袺"就是这个意思。而蔽膝上方有一条很小的绳子绑在妇女腰部，因此可以将两个裙角都塞入皮带与绳子中，过去的老祖母们都是这样做的。文字学家朱骏声在《说文通训定声》中说，"兜而扱（插）于带间"就叫作"襭"，也就是插着而不用手来提，用手来提就是上面的"袺"。最后一句诗是在描写妇女努力将种子兜回的情景。女奴们艰难地采摘这些车前子的种子，其工作由王后等人负责管理，所以说本诗与王后有关。

汉 广

南有乔木，不可休息；
汉有游女，不可求思。
汉之广矣，不可泳思；
江之永矣，不可方思。

翘翘错薪，言刈其楚；
之子于归，言秣其马。
汉之广矣，不可泳思；
江之永矣，不可方思。

翘翘错薪，言刈其蒌；
之子于归，言秣其驹。
汉之广矣，不可泳思；
江之永矣，不可方思。

"汉广"即对汉水之宽广的描写与感叹。这首诗每章的最后四句都一样，即"汉之广矣，不可泳思；江之永矣，不可方思"，可译为"汉水是那么宽广啊，不可能通过游泳来渡过"，反复强调距离的不可跨越。《毛诗序》认为，这首诗是在描述"德广所及"，也就是美好的道德可以影响到很远的地方，这种讲法其实存在问题。传统上都将这首诗看作文王时代的作品，认为它在歌颂文王的美德，其实，后代的考古研究表明，这首诗应当作于西周中晚期以后。当时因为国际局势与自然环境的变迁，国家的重心逐渐转移到江南，因此在长江汉水一带出现了许多皇亲国戚，本诗描述的就是这种转变。郑玄的说法也犯了同样的错误，他说"纣时淫风遍于天下"，这还是讲文王时代崇尚美德，而商纣的风气就很恶劣，这类解释都错在先入为主地认定《汉广》就是文王时代的诗歌。

　　简单来说，这是一首叹息官家小姐高不可攀的民歌。官家小姐就是前面提到的皇亲国戚的女儿，她的叔叔伯伯就是君王本人，这样的人又要怎么去追求呢？距离太远，就像长江、汉水一样始终无法跨越。一开始说"南有乔木"，"南"就是南土、南国，"乔木"指高大的树木。在古人的思想观念中，存在所谓的"社木崇拜"，这种观念影响到文学，就导致草木往往具有隐喻乃至象征的意义，比如《楚辞·哀郢》中有"望长楸而太息"，"楸"落叶乔木，"长楸"也就是一种故国的乔木，因为与国家有关，所以观看后就舍不得离开。此外，楸树的枝叶离地很高，无法起到遮风挡雨的作用，这首诗因而也是在用乔木的意象比喻国家的栋梁，也就是皇亲国戚们，叹息他们根本不关心百姓，百姓即便靠近他们也无法受到保护。

　　长楸的高度可以达到十五米以上，可用来制造棺木。因此，一般人家门前往往也会种上几棵长楸，以备老人过世之需，不然就要为此而支付高昂的费用。《小雅·小弁》也提到"维桑与梓，必恭敬止","止"就是"之",为虚词,这是说对桑与梓一定要恭敬,"梓"用来代称父亲,"桑"则代称母亲,因为母亲靠桑树养蚕,小孩靠着母亲养蚕织布才能吃饱饭。桑树其实可以长得很高大,而古代为了养蚕培育了矮小的所谓的"地桑",这是为了方便采摘叶子,所以每年桑树长高时就人为地进行剪枝,把树干砍掉,逐渐让它习惯于向四周生长。"桑梓"因而可以代表父母或故乡,这就是文学技巧上所谓的隐喻,《楚辞》《诗经》很喜欢使用此类技巧。再比如《孟子·梁惠王下》提到"所谓故国者,非谓有乔木之谓也,有世臣之谓也","世臣"就是国家世世代代的重臣,所以根据孟子的用法,"乔木"同样是多义词,有植物学方面的含义,也有文学上的比喻义,这里的"世臣"就属于后者。采用以草木为隐喻这种文学技巧是《诗经》的一个特色。

陕西召公祠出土的"太保玉戈"铭文记载"六月丙寅,王在丰,令太保省南国",周王在丰京命令太保去视察南国,可知南国在西周初年就已受到关注。当时,像召公这样高阶的统治者不可能前往这些不发达地区,都留在了北方。然而,到了西周中晚期,人口素质发生了变化。根据考古发现,1978年出土于湖北随县(今随州)的文物中就有属于周王孙的,按照专家许倬云的观点,其主人是周穆王的后代,可见西周中晚期已经有王室成员来到了江汉一带。再如1981年出土于河南南阳的"中再父簋"上的铭文记载,到了西周宣王时期,大概是由于国际形势发生重大变化的缘故,中再父服务的申国受到了"改封",也就是把一个已经成立的国家搬到另外一个地区,其目的很可能是为了对付南方的楚国。此外,南方也很容易发展国防重工业,因为那里的水利与煤铁资源都很丰富,尤其是铁在西周中期后逐渐受到重视,周天子很可能拥有长远的计划,可惜后来没有机会兑现。由铭文可知,中再父的祖父是夷王,他也是王子王孙,到了西周中晚期才前往江汉地区当官，所谓"定居游宦"。根据考古发现，最晚到西周中晚期，江汉地区确实迁入了一些皇亲国戚，他们当然都符合"乔木"的身份，也就是与国同休戚的世臣，国家繁荣，他们也跟着显贵，国家亡了，他们就变成百姓，甚至降为奴隶或直接被杀头，其命运始终与国家相绑定。按照《竹书纪年》记载，周厉王十四年时，猃狁（xiǎn yǔn）入侵首都，厉王时期政治晦暗，蛮夷入侵了首都，二十二年以后，连续五年大旱。总而言之，北方贵族因为面临各种天灾人祸，就纷纷逃难到南方的江汉地区去了。

"南有乔木"，南国有着枝干高耸或挺直高大的树木，"不可休息"，"息"当作"思"，是语助词，不用翻译；"休"本身就有休息的意思。乔木很高大，却不能让人在树下休息，也就是说，这些皇亲国戚虽然来到了南国，但实际上对国家与百姓毫无帮助，不能体恤民情，由此可知，民心已然背离了国家，西周的统治即将终结。

"汉有游女"，"汉"就是汉水，"游女"简单说就是从家里出来游玩的女孩。官员当然会带着家眷前来，他们的儿女也会跟随。这些人都是领干薪的，每个月都有薪水可领，又不用做事，只好到外面去玩。传统上又有将其理解为女神的，《鲁诗》的观点就是如此。刘向《列仙传》记载，郑交甫在江汉之湄——"湄"就是水草交界的地方，遇到了两个美女。郑交甫十分心动，不知道她们是神灵，就打算与二人"定交"，也就是互赠礼物。文学家张衡是河南南阳人，他的《南都赋》同样写道"游女弄珠于汉皋之曲"，"汉皋"是山名，在湖北襄阳西北方；"曲"就是水边，在襄阳的汉水边，这与刘向所讲的"江汉之湄"相差很远，因为襄阳只有汉水，而刘向讲的还包括了长江，原因在于张衡是南阳人，襄阳靠近南阳，于是就把女神出现的地方搬到了他的家乡附近，导致后人的传说也发生了相应的变化。《韩诗外传》也提到了郑交甫在汉皋台下遇神女的故事，"郑交甫将南适楚，遵彼汉皋

国风·周南 | 099

台下，乃遇二女，佩两珠大如荆鸡之卵"，他要到南方的楚国去，走到汉皋台下时碰到了二女，她们佩戴着两颗很大的宝珠，有荆鸡的卵那么大。同样的，《焦氏易林》也记载《齐诗》的观点说："汉女难得，橘柚请佩。""二女宝珠，误郑大夫。"总之，今文三家诗都将游女当作汉水女神，这是附会的解释，这对后来日本的《诗经》学家白川静等人造成了一定的影响。据《列仙传》记载，养珠人朱仲曾将直径四寸的宝珠回赠给吕后的女儿。西汉时期的四寸超过今天的十厘米，那时的养珠技术还无法生产出这么大的宝珠，所以这一传说很可能形成于东汉时期。三家诗将游女解释为神女，很可能就是从战国开始流传，而在东汉趋于定型的。当然，这只是我们的一种推测而已。

"汉有游女，不可求思"，汉水有着游宦人家的女儿，或者是出来游玩的女孩，她们随着父亲从京城到江南来当官，是不可能被追求到的。

"汉之广矣"，汉水如此宽广，如此开阔；"不可泳思"，是不可能靠游泳渡过的。"江之永矣"，"江"指长江，"永"是长的意思，长江的浪花长而有劲，水流力量很强，不容易应对；"不可方思"，"方"是并的意思，把两条船连在一起就是"方"。

有关古人渡过长江的情形，《水经注》里有一段精要的描述，它说直到"江津戍"这个地方，长江江面才会开阔，因为它是从三峡里流出来的，那里两旁都是高山，夹住了江水，因为江面太窄，水流就又深又快，这就是长江危险的原因。出峡后都是平原地带，长江的河道就一下子宽阔了很多。尽管如此，渡江仍然需要很多条件，"《家语》曰：江水至江津，非方舟避风，不可涉也"，"《家语》"即《孔子家语》，即使是在江津这样水流比较缓慢的地带，也还要满足"方舟"与"避风"这两个条件。

在大海上航行时，将两条船用木板结合在一起，船就不再容易受到波浪的影响，可以起到增加载重量、防止翻船的作用，这就叫"方舟"。有时候两条船原本是分开的，但在必要时可以迅速合并在一起，这种技术在今日的中国也很常见，比如一些景区的竹筏就可以并到一起。再比如关于中国禅宗祖师达摩，有所谓"一苇渡江"的传说。达摩有可能踩着一叶芦苇就渡过长江吗？这是违反物理常识的理解，此处的"一苇"实际上就是小船，苏东坡的《赤壁赋》中提到过"纵一苇之所如"，小船在江面上看起来仿佛芦苇一般，故有此名。古代的船只在遇上大风时是非常危险的，比如三国时的孙权造了一艘很大的船，结果在武昌试航时，刚开出去就遇到大风，导致整艘船支离破碎。由此看来，"避风头"对于古人乃是至关重要的渡江条件之一，"不可方思"的意思就是即便将两条船并起来，也是无法渡过的。

"翘翘错薪"，有人说"翘翘"指高高翘起来，或者说高而杂乱，还有人说是众多，这些解释相近，可以互换。"错"就是交错，"薪"一般而言就是柴薪，严格来讲特指比较大的木头。根据《周礼》的说法，凡国家有庆典时，有关官员就要准备一些"薪蒸"，郑玄注认为，"薪"即大木，"蒸"即小木，比如麻秆一类，约有成人的大拇指粗，古人将其绑成捆后浸油，当蜡烛用。孔颖达注曰，"薪"就是粗大而"可析"，大到可以用斧头劈开的木头。我们可以将"错薪"简单翻译为交错的柴薪、柴草或木柴。

"言刈其楚"，"言"可以翻译成乃或白话中的就；"刈"就是割取，用刀子去割；"其"是代名词，可以翻译成那些；"楚"是黄荆，一种品质较高的木头，其植株高度可达五米以上，主要分布于江南地区，最北可以到达秦岭一带。它的材质相当不错，而且耐烧。此外，黄荆从根到叶都有一种类似姜的香味，是驱逐蚊虫的好材料。过去的农民会把它绑成一束一束的，每一束有成年人的手臂那么粗，在晚上点燃可起到驱蚊之效。另外，黄荆还可以充当梿果催熟的温床。有

国风·周南

些楛果采摘下来时还没有熟，就可以先在下面铺一层黄荆叶子，将生楛果放在上面并拿东西盖住，过一段时间楛果就会熟，而且还带有黄荆的香味。

如诗中所讲，这种"荆"又叫"楚"，所以"荆""楚"两个字是相通的。《左传·僖公二十八年》记载，"汉阳诸姬，楚实尽之"，所谓"水北曰阳"，汉水北边的姬姓之国都被楚国吞并了。为了预防楚国强大后向北侵略，周朝在汉水北边派驻了很多国家，但楚国强大起来后，这些小国抵抗不了，几乎全部被吞并了，这种现象在春秋早期就已经存在了。因此，这里所谓"言刈其楚"一语双关，不光指木材，而且是在暗喻楚国。割取黄荆时要选择那些比较高的木材，就像游女们在挑选对象时会选择其中最高、最好的人那样，她们会把楚国的王子们当成理想的对象。

"之子于归"，这位女子出嫁了；"言秣其马"，"言"是词头，可不译，也可译为乃、就，"秣"就是指用饲料喂马。马吃多种饲料，平时吃草料，到了战争时期就要改换成热量高的食物，不然是没有力气上战场的。诗中的"马"其实也是一种专名，诸侯所用的才能叫"马"，大夫所用的只能叫"驹"。

我们来看看先秦与汉朝人的说法。根据《周礼》，马八尺以上为龙，七尺以上为䭾，六尺以上为马。何休的《春秋公羊传解诂》则将天子的马称为龙，高七尺以上，诸侯的马称为䭾，高六尺以上，卿大夫与士的马称为驹，高五尺以上，与《周礼》的说法不尽相同，其原因可能在于周朝与汉朝的长度单位存在差异。按照《毛诗》的说法，六尺以上称为"马"，五尺以上称为"驹"，驹并非小马，仍是成年的马。根据吉尼斯世界纪录，当今世界最高的马身高超过两米，而通常的公马身高在一百五十厘米左右，雌马为一百四十五至一百四十八厘米。根据专家的推测，周朝的一尺约有十九厘米长，算下来八尺的高度约为一百六十厘米，汉代的七尺约为一百六十一厘米，二者其实是十分接近的。八尺或七尺以上的马称为"龙"，"龙"用来称呼天子所使用的马匹；诸侯所用的马有两种称呼，一为"马"，二为"骒"；卿大夫所用的则称"驹"，这就是古人所作的区分。前面提到过《陈风·株林》一诗，里面写诸侯早上离开首都时"驾我乘马"，乘坐的是诸侯级别的高头骏马，可是快接近寡妇时，就赶快改乘了大夫级别的"驹"，即比较矮一点的成年马。总之"言秣其马"这一句意在描述，游女们所找的对象都是诸侯爵位的继承者，他们具有喂饱高头骏马的能力。

接下来又是"汉之广矣，不可泳思；江之永矣，不可方思"四句，再次强调身份差距之悬殊，起码需是诸侯才配得上皇亲国戚。

最后一段写道，"翘翘错薪，言刈其蒌"，这些翘起来的交错的柴草啊，就要割取那些比较高的蒌蒿，蒌蒿是比不上荆木的，但在杂草中相对出众。蒌的品种非常繁多，往往还有香味，还有的叫作"青蒿""野艾蒿"等。这里实际上是用"蒌"代指卢国和罗国，它们是江南地区除楚国之外最强盛的国家，游女出嫁的条件就是要当王后，所以首先考虑楚国，其次就是比较强大的卢国与罗国。"蒌""卢""罗"三个字的上古音相通，比如《水经注》中提到的郏城"城南对芦洲"，当地人读作"罗洲"。罗国是楚国的分支，是楚国王族分出去后所建的国家，所以虽然没有楚国那么强，但也属于强国之列。卢国则是舜的后代所建立的国家，曾参与过武王伐纣的战争，到了春秋时期依然非常强大。比如《左传》记载，楚国曾内乱，卢国就出兵将其平息。罗国与卢国的地理位置也很接近，所以历史上时常将二者并提，除《左传》外，《国语》也提到"罗由季姬，卢由荆妫，是皆外利离亲者也"，这是说姬姓的小姐嫁到罗国当王后，卢国的小姐嫁到楚国当王后，证明卢、罗两国的国际地位都不低，与楚国接近，所以说"蒌"就是影射这两个国家。"言刈其蒌"可以翻译为就要砍伐、割取那些高大的蒌蒿。

"之子于归，言秣其驹"，这位小姐出嫁时，至少要找到能够喂饱大夫级高头大马的对象，一般人就只有望洋兴叹了。结尾处又是重复的咏叹，我们不作翻译。

国风·召南

鹊　巢

维鹊有巢，维鸠居之；
之子于归，百两御之。

维鹊有巢，维鸠方之；
之子于归，百两将之。

维鹊有巢，维鸠盈之；
之子于归，百两成之。

召南与周南两个地区以今三门峡市陕州区为东西分界，陕州区东边是洛阳，西边是西安，今天那里还设有一座名为"周召分陕石"的石碑。周朝时，陕州区以东由周公负责统治，陕州区以西则由召公负责统治，洛阳以南、陕州区以东即为"周南"，陕州区以西即为"召南"，原则上如此区分。

《毛诗序》认为，《鹊巢》是在描述"夫人之德"，即诸侯妻子的美德。为什么要强调她们的德行呢？《毛传》解释称，"国君积行累功以致爵位"，一个诸侯想获得继承权，通常要付出很多，因为王子之间存在竞争，"夫人起家而居有之"，公主靠着出嫁就能成为王后，因此必须"德如鸤鸠"才能相配。据考证，"鸤鸠"就是布谷鸟，它具有"均一之德"，处事十分公平，白天喂养雏鸟的顺序是从大到小，黄昏时又从小到大。

《鹊巢》是一首祝贺贵族女儿新婚，也就是祝贺她嫁为王后的诗歌，里面涉及"鸠占鹊巢"的典故，读者可以就此产生很多联想。首先，喜鹊娶布谷鸟这种事大多存在于童话中，其实在人类社会也可能发生，因为东西方人在娶妻时都会避免同姓婚姻，以防血缘太近。而异族间通婚，举例而言，如果是汉族人迎娶其他民族，二者所穿的服装不尽相同，外表上看起来就好像喜鹊在与布谷鸟结婚，所以这首诗是在描述异族之间的通婚。不过，根据台湾清华大学一位教授的观察，成语"鹊巢鸠占"大概是弄错了，他认为鸤鸠就是斑鸠，而喜鹊的体形接近乌鸦，体形较小的斑鸠不敢侵占喜鹊的巢。"鹊巢鸠占"还有别的含义，有时也指妻子霸占了丈夫的整个家庭，这种现象在今天也存在。占巢的情况在其他动物中也存在，比如报纸上曾报道过"鸡占鸭巢"的趣闻，孵蛋的母鸡散完步昏了头，以为鸭子抢了它的窝，就把鸭子赶跑了，结果孵出来一窝小鸭子。

喜鹊属于鸦科，鸦科动物共同的特性是喜欢装饰自己的窝。比如乌鸦，它们只要看到发光发亮的东西，就会将其叼回窝里当装饰品，连纽扣、吸管都不放过，英国曾经有过喜鹊叼走钻戒的新闻。喜鹊是公认的鸟类"建筑师"，它们的窝是鸟窝当中的"超级别墅"，根据观察，有些喜鹊甚至不知从何处找来有弹性的纸张或海绵，将其当作"弹簧床"。至于筑巢的时间则不固定，但通常都会在冬天到来时完成工作，然后住到里面去。根据《淮南子》记载，"十一月，日冬至，鹊始加巢"。

"维鹊有巢"，"维"可不译，也可以翻译成有。喜鹊有了如此宽大舒适的新巢，当然就要有伴侣——诗中的描述其实并不符合事实，因为喜鹊的巢往往是夫妻双方合作盖起来的。"维鸠居之"，有布谷鸟"居之"，大家往往会把"居"翻译为住、居住，这样翻译并不准确，根据《玉篇》的解释，"居"有当、处、安之类的意思，而没有直接解为住。按照《辞海》，"当"就是主持的意思，所以我们最好将"维鸠居之"翻译为有鸤鸠来主持家务，不要译为有鸤鸠来同居。"之子于归"，我们前面讲过；"百两御之"，这个"两"在今天写作"辆"，新郎要率领一百辆马车来"御"，也就是迎亲。"御"字在甲骨文中的写法很简单，只有人跪着面迎"午"之形，西周早期的大盂鼎、麦盉依然如此，到了西周中期以后，颂鼎、虢叔旅钟、齐侯壶等彝铭，才固定加上左边的"彳"和下面的"止"，定型为"御"字。再进入战国时期，竟又变成了"马"字旁，一改而为强调用马鞭来驾驭马匹，因为当时流行骑马，马车反而显得比较累赘了。

这首诗中的"御"字应读作"yà"，可以写作"迓"或"讶"，台湾地区的台南市有"迓妈祖"，日本也有，于别的神也适用；"御"就是迎接的意思，这里是说有百辆马车来迎亲。古代马车的价值大概相当于今天的一辆汽车，能够出动一百辆"轿车"，可知其丈夫必然地位颇高。

"维鹊有巢"，喜鹊筑了新巢；"维鸠方之"，我们在《汉广》中已经讲过，"方"就是两条船并在一起的意思，这里也就可以解释为佳偶的配对，布谷鸟来结成佳偶。"之子于归，百两将之"，有一百辆马车来"将"，也就是护卫、送行的意思，娘家要出动一百辆马车来护送女儿，场面是十分壮观的。历史上的公主出嫁往往如此，比如《辽史》中记载了一种"送终车"，它是一种牛车，上面置有龙阁，下面还要悬铎，它不仅用于丧事，也用于公主下嫁的仪式中，作为最后一辆车而出现。搬运嫁妆时常常在最后一辆车上装一口棺材，并用罩子将其盖住，以备公主将来去世时使用。公主从出嫁开始，直到百年之后，一生所用的东西都要由皇帝备好，放在嫁妆当中，所以负责运输的队伍是很壮观的。辽国的这种习俗实际上受到了中原文化的影响，因为龙是中原的图腾，而周朝开始在丧礼上就会使用钟、铎。据《穆天子传》记载，周穆王的宠妃盛姬按照王后的规格下葬，因为参与的成员太多，甚至劳动了军队，所以要用到钟来指挥。

"维鹊有巢，维鸠盈之"，翻译时要在"鸤鸠"后加上"们"字，鸤鸠们住满了，因为喜鹊的巢实在太壮观了，能住下整整一群鸤鸠。这涉及"媵（yìng）"的问题，古代诸侯夫人出嫁时通常拥有"左右媵"，名义上就是两名陪嫁的新夫人，一位为"侄"，一位为"娣"，"娣"就是自己的妹妹，但通常不是同母的亲妹妹，因为嫡出的女孩不会陪嫁，一般是由庶出的来担任，也就是姨太太、妃子们所生的女儿。"侄"的身份要低一辈，算是哥哥的女儿，只不过并非亲哥哥，因为公主的亲哥哥若不是王子，便是太子，他们的女儿绝不会陪嫁，所以"侄"就是宗族中同辈而较新娘年长的男子的女儿，还有一点是"不论辈分"，这是为了确保丈夫一定能生出儿子，所以打破了伦理的限制——爵位的传承对诸侯而言是最重要的事情，如果生不出男孩，爵位就会被国家收回。故除了新娘本人之外，还要有两个友好的同姓国家派人来陪嫁，这两个国家选派的新娘，每人也会携带两名陪嫁，所以如果满额的话，诸侯一次要娶九个新娘，"鹊巢"虽然宽敞，也难免要塞满了，以上是《公羊传》的说法："诸侯娶一国，则二国往媵之，以侄娣从。"诸侯一聘九女，按规矩之后就不能再娶了，娶太多实际上并无益处，但古代的诸侯经常违反这一规定，一娶再娶。"之子于归，百两成之"，嫁娶双方都出动百辆马车，共同来完成婚礼。总之，意在描述诸侯级婚礼的盛大场面。

采 蘋

于以采蘋？南涧之滨。
于以采藻？于彼行潦。
于以盛之？维筐及筥。
于以湘之？维锜及釜。
于以奠之？宗室牖下。
谁其尸之？有齐季女。

《采蘋》这首诗可以说是女子的教科书，可以教导小女孩一些长大后必备的技能，《毛传》称为"大夫妻能循法度"，这首诗针对的人物身份较前一首稍低，是大夫的妻子，她可以"承先祖，共祭祀"，也就是从小看着长辈们处理家中的衣服和祭祀的各种用具，并学习食物的烹饪，以后就可以担负起一个家庭，在丈夫家里负责这些事情。

这是一首描写女子采集菜蘋与水藻来祭祀祖先的诗歌。根据郑玄的说法，古代"女子十年不出，姆教婉娩听从"，十年都不出门，由女性老师来教导有关衣服与祭祀的事情。学会以后，"十五而笄"，十五岁就可以与人定亲了，一般成年是二十岁，不过女性到十五岁后只要定了亲就算成年，就可以"笄"。

祭祀所用的器具中，最常见的就是"豆"，这从石器时代就有了，商朝又有了铜豆，直到今天的祭孔仪式中仍在使用。根据《礼记》的记载，天子的豆有二十六个，诸侯有十二个，里面盛着带汤汁的菜肴。如果是干料，那就使用有洞的竹编或者藤编容器来盛装，称作"笾"，有时也会用铜来铸造。至于笄，其最主要的用途是固定假发，诸侯的夫人需要出席很多仪式，在打扮时就需要用到假发，上面可以安装多达六件的装饰品，由《诗经》可见，这也是王后所具有的规格。此外，成年妇女在纺织的时候也可以把头上的笄摘下来，用来给纱线打结，或是织出较密的布等。

"于以采蘋"，"于"是在的意思，"以"则等同于"何"，"于以"就是在何处、要到哪里，"采"即采摘，"蘋"就是田字草、蘋菜，它的四叶合在一起，好像一个"田"字，由此而得名，可用于治疗毒蛇咬伤等。要到哪里去采摘田字草呢？"南涧之滨"，"南"是南方，"南涧"就是南边的山沟或山涧，山中流水的地方就是"涧"。"滨"指水边，要到南方山涧边去。为什么要去南方呢？因为江北地区此时已然冰天雪地，北风呼啸，而向阳的南方相对温暖，植物首先会在温暖的地方长出来。

"于以采藻",要到哪里去采摘水藻呢?"于彼行潦",这里的"行"有两种解释,一为道路,二为沟渠,有时也被解作"洐"字,文字学家尚无统一意见,我们在此简单译作沟渠即可。下面的"潦"是名词性用法,指流水或积水,这里是说要走到马路边或沟渠中有积水的地方。

大家对水藻应该并不陌生,它的用途与蘋类接近,不管叶子还是根,只要足够鲜嫩,就都可以煮成菜。当然,平时人们并不常吃这种东西,但一旦遇到饥荒,它们就是很好的救荒之物。

"于以盛之",用什么容器来盛装呢?"维筐及筥(jǔ)","维"可以翻译成是,就是用筐或筥来装,方形的竹器为筐,圆形的为筥,二者都有洞,可以让水分流出去,从而减轻重量。

"于以湘之",这里的"湘"是假借字,本字十分复杂,其实就是煮的意思。有了材料就要开始煮,用什么器具来煮呢?"维锜及釜","锜(qí)"是有脚的锅,"釜"是没有脚的锅。锜有三只脚,这是为了方便在野外露营,不需额外设灶,直接放在平地上就可以煮;釜则需要有灶。老式的灶通常是两三个并排放置,像商朝的妇好王后就有"三联甗(yǎn)",其原理是用水蒸气来蒸,所以器具底部有开口。

"于以奠之","奠"就是设置、摆上祭品,要到哪里祭拜呢?祭品要放到哪里呢?"宗室牖下","宗室"就是宗庙,"牖"就是旁开的窗户,要摆在宗庙的窗户底下。

"谁其尸之","其"是表将然的语助词,可以翻译成将;"尸"解释成主,这里当作主持,《说文解字》又将其解为"陈列",不过放在这里不太合适,因为上文已经提到将祭品摆好了,再翻译成陈列未免重复。谁将主持祭祀呢?"有齐季女",这里"齐"读成"斋",上古时期的字很多是没有偏旁的,有偏旁的字要到魏晋以后才定型,这里的"有齐"就是"有斋",指很恭敬、很庄敬的样子。"季"是"伯仲叔季"中的"季",表示年纪很轻,所以"季女"翻译成少女,主祭者是恭敬的待嫁少女。

以上几句连用五个"于以",明显是一问一答,属于问答式的教学法,这是为了方便背诵,尤其是让小孩对诗篇能朗朗上口。

整首诗描述了一个女孩从小就开始熟悉各种祭祀流程,以便到出嫁时亲自来执行的过程。《左传·襄公二十八年》记载,"济泽之阿,行潦之蘋藻,置诸宗室,季兰尸之,敬也",采摘马路边生长于雨后积水中的蘋藻,放在宗庙的窗子底下,由季兰来主持祭祀。《左传》这里描述的不一定直接是《诗经》中的内容,所以没有说"季女"。

依孔颖达疏,"女将嫁"时要由"宗子之家",也就是大家长的家庭教以"四德",指示妇女应该遵守的种种行为规范。女性在出嫁前通常已经掌握了这些知识,但还要再做一个整理,有系统地进行介绍。三月教成,设祭于宗子之庙,学习三个月后,把所教导的内容做一实践,就可以保证女性在出嫁后有能力负责丈夫家里的祭祀事宜了。所以按照古人的说法,这首诗所描述的是"教成之祭",也就是教育完成后的祭祀,这表示她即将离开整个宗族,要嫁到丈夫家里去了。

另外,《左传·隐公三年》也对这首诗有过详细的解释,其中还强调"风有《采蘩》《采蘋》","蘩"也是一种水生的菜类,与蘋同样用于祭祀。大地回春之际,冰雪尚未完全融化,只好借助一些野生的美味蔬菜来进行祭祀;"雅有《行苇》《泂酌》",这两首诗也是讲祭祀的。总之,《诗经》十分重视祭祀,这与古人的灵魂观念有关,他们认为人死后灵魂依然存在,依然要享受祭拜,而祭拜最重要的原则就是"昭忠信",也就是要诚心诚意,我们今天当然可以用更科学的眼光来看待这些信仰。

甘　棠

　　　　　　蔽芾甘棠，勿翦勿伐，召伯所茇。
　　　　　　蔽芾甘棠，勿翦勿败，召伯所憩。
　　　　　　蔽芾甘棠，勿翦勿拜，召伯所说。

野生的甘棠树以往在台湾地区十分常见，通常长得不高，树龄达到几十年后也不过比成人略高一点而已，但重点在于，其枝叶很茂密，下面会有树荫。简单来说，甘棠的品种可分成两大类，一类的果皮是青白色的，是甘棠，也叫"白棠"；另一类则接近红色，叫"赤棠"，也叫"杜"，味道比较酸涩，台湾地区野外常见的就是这一种。

根据《毛诗》的解释，这首诗是在赞美召伯，因为召伯的教化"明于南国"，在南国得到了广泛的施行。郑玄认为召伯就是召公祠中的召公，因为他认为"二南"都是文王时代的诗，而文王时代召国的统治者也就是其开国始祖召公。不过，很多学者都认为诗中指的应该是西周晚期的一位召伯，我们没有明确的证据来判定孰是孰非，所以两种说法都可以接受。总之，这首诗是在缅怀勤政爱民的召伯，孔子也一再提到这首诗，表示公务人员有必要向召公、召伯学习，像他们那样勤政爱民。

据刘向的《说苑》记载，召公曾在巡视期间，于甘棠树下帮百姓审判案子，这是一种便民的举措。刘向的说法其实也缺乏证据，因为《说苑》中的故事发生在陕西一带，不属于南国的范围，所以这也只能说是"姑妄说之，姑妄听之"而已。现在网络上有些图片，旨在描述《说苑》中所讲的在甘棠树下审判案件的故事，不过偏差往往很大，会增添一些周朝时还没有的用具，比如办公桌等，因此只能当漫画来看。

诗篇开头处写到"蔽芾甘棠"，"蔽芾"是叠韵词，需要合在一起解释，也就是枝叶茂密、茂盛的样子。枝叶茂密的甘棠树，"勿翦勿伐"，"翦"字今天写作"剪"，即剪枝、修剪之意，可以使用工具，也可以直接用手拔除；"伐"是砍伐的意思。战国时期的秦人已经在使用老虎钳一类的工具，有些相对较小，还有些则很大。我们以《豳风·七月》为例，梁启超认为这首诗是从夏朝流传下来的，此事确有可能，因为早期诗歌可能会采取口头传唱的形式，到后来才写

国风·召南 | 117

成文字，所以其中的一些基本形式可能非常古老。诗中讲到"蚕月条桑"，"蚕月"就是农历三月，农人在这个月份开始养蚕；"取彼斧斨（qiāng）"，"斧"就是斧头，"斨"与斧头类似，但区别在于刃的方向，斧头的刃是直的，与木柄平行；斨的刃则垂直于木柄，类似锄头，但比锄头窄很多，二者都是用来砍伐植物的器具。"以伐远扬"，枝条长得太长，又高高翘起来，这会给采集桑叶造成不便，所以要趁着采叶时顺便剪枝，由此可知人们很早就拥有了可以修剪树木的大型工具。对甘棠树也是一样，诗中的"伐"因而就是砍伐，指用大型工具将其砍掉。

"召伯所茇"，前面已经说过，有人认为召伯是周初的召公，另有人认为是西周晚年的召伯虎，他是召公的后代，两种说法都可以接受。"茇"的本义是草根，这里当动词用，指在草地上休息、过夜。这在古代本来是一种忌讳，当时凡国君、诸侯等，于野外过夜时通常要命随从将草地铲平，先把草去掉，然后用黄土堆成平台，再在上面搭建帐篷。原因在于，古人认为只有在倒霉的时候才会在草地上过夜，比如国君在战争中为敌国所俘虏时，因为敌国首都十分遥远，所以在旅途中免不了在草地上露营。诸侯的地位还比不上召伯或召公——他是所谓"二公"之一，天子之下的头号人物，因此召伯来到野外露宿，照理说也应该把草地铲平，然后挖黄土来堆成平台，再在上面搭起帐篷才对，可据说召伯不迷信这一套，比较开明。在他看来，传统的做法要劳烦许多百姓，而百姓们单是耕种就已经十分辛苦了，他是出于体谅百姓的辛劳而省掉了这种惯例。所以诗中写道，因为召伯曾经在甘棠树下"茇"，也就是过夜、休息或住宿，所以请不要将它砍伐。

"蔽芾甘棠，勿翦勿败"，"败"的意思是损坏、破坏，茂密的甘棠树啊，不要去剪断、破坏它。"召伯所憩"，因为召伯曾在那里休息，这同样表现出百姓爱屋及乌的情感。

"蔽芾甘棠，勿翦勿拜"，"拜"是拔除、连根拔起的意思，这一含义如今已经消失了。金文中的"拜"字右边是一只手，左边则是植物的树苗，手伸到树苗底下，就表示将树苗连根拔起，这是文字学家的共识，后来引申义占了主导地位，"拜"字的含义就转化为弯腰，也就是礼拜、祭拜意义上的拜。"召伯所说"，"说"即"脱"，有解脱之意，指将马从马车上解下，使人与马都得到休息，可以简单译为停车休息，因为召伯曾经在那里停车休息。

总之，这是一首怀念召伯的诗。根据传说，召伯审判案子时颇能明察，这对古人来说具有很大的意义，因为当时交通不便，而每次打官司都要进城，车费就成了一大笔开销，古代的诉讼可谓劳民伤财。召公的做法则是立即审判，而且是就地审判，在空间与时间上为百姓提供了很大的便利，所以后来由此产生了很多成语，如"甘棠之爱""甘棠之惠""甘棠遗爱""甘棠有荫"等，指对百姓的保护，甚至有"甘棠重荫"，即有两重树荫的说法，所有这些都意在表达对清官的爱戴或怀念。

晋朝的时候，当地百姓为了感谢造福于民的谢安，曾种植过许多甘棠树，今天还剩下一棵。陕西省的岐山也种有甘棠树，并立有甘棠碑，这些都是后来根据传说而立的，因为陕西其实并不处于南国的范围内。

羔羊

羔羊之皮,素丝五纮。
退食自公,委蛇委蛇。

羔羊之革,素丝五緎。
委蛇委蛇,自公退食。

羔羊之缝,素丝五总。
委蛇委蛇,退食自公。

《毛诗序》说《羔羊》这首诗旨在表现"鹊巢之功致"，简言之就是认为《召南》是文王时代的诗歌，人们接受了文王的教化，因此在位的官员人人节俭正直，品德如同羔羊。这种说法过于崇古，把作品的年代一直推到了文王时期，属于古人的一种偏见。总之，本诗旨在对南国的官员加以赞美。《国语大辞典》中将"功致"解释为"功力密致"，而郑玄在注解《礼记·月令》时将其释为"功牢"，"牢"指牢靠，"功牢"就是功夫牢靠的意思。《淮南子》中不写"功致"，而写作"坚致"，也是坚牢、牢固的意思。"鹊巢"指诸侯的家庭结构，如果这一结构十分完善，就会产生《羔羊》所说的效果，使得下面的官员个个节俭清廉、德行优良。这要归功于王后的教养，她不允许官员走后门，从而形成了健康的官场风气，这就是"鹊巢"坚牢的贡献。

　　这里要对有关"羔裘"的常识做一介绍，它是古代大夫以上阶层所穿的一种皮大衣，用柔软的小羊皮制成。一只小羊身上的皮很小，所以必须将几只小羊的皮缝在一起才能拼成。羔裘是上朝时所穿的外套，在《郑风》与《桧风》中各有一首《羔裘》，都是在对大夫等官员进行描述。另外，《诗经》中提到的羔裘都是黑色的，古代官服的颜色大多如此，黑色不容易弄脏也是这样规定的原因之一。

　　依据古代礼节，在黑色皮衣外面一定要加上"裼（xī）"，也就是罩衣，这是因为古代的皮衣与今天的不同，古代人们要将有毛的一面穿在外面，将光滑的皮面穿到里面。这主要是皮革加工技术的水平导致的，今天的技术可以把皮革削得很平，《诗经》时代则不可能，难免会凹凸不平，因此将皮翻到外面来穿是不够美观的，而有毛的一面反而比较好看。由此所产生的问题是，并非所有场合都适合满身是毛的打扮，比如诸侯们冬天上朝时往往要穿狐皮衣，如果远远望去整个朝廷都是"狐狸"，就会显得突兀。因此，为了避免这种情况，古人凡穿皮大衣时都要在外面套上罩子，它通常是一件与皮衣同色的薄外

国风·召南 | 121

套，这就是裼衣。

《论语·乡党》中有关于"缁衣"的记载，"缁衣"就是古代一般公务人员所穿的制服，同时也是军人的制服，因为黑色便于夜间作战。所谓"缁衣羔裘，素衣麑（ní）裘，黄衣狐裘"，"素衣"就是白衣，"麑"是小鹿，"麑裘"即小鹿皮做的大衣，这通常是太学老师一类的人员所穿的。鹿皮是黄白色，所以用白色的外套与其搭配；与此类似，狐皮做的大衣外面要套上黄色的外套，这通常是诸侯级人物的制服。

"羔羊之皮"，也就是小羊皮衣的表面或外表，这是将有毛的一面穿在外头。"素丝五紽（tuó）"，"素丝"就是白色的丝线。古代的丝线基本都是由两条丝合成一条线，所以一条丝实际上有两股，我们简单译作"白色的丝线"即可。《说文解字》中小篆的"五"字是这样写的：X，上下两条横线分别代表天地，再在天地之间打上一个叉，"五"就是"阴阳在天地之间交午"的意思，"交午"即交叉、交错，"五"与"午"的本义实际上都是交叉。"紽"本来写作"佗"，是加倍的意思，用两条丝合成的一条线就叫作紽，我们在翻译时可以将其省略，直接译为用白色的丝线交叉缝起来即可。皮衣外面要讲究美观，所以这些线条只是装饰性的，对于衣服结构的作用其实并不显著。商朝王后妇好墓出土的玉人，其衣服上的图案就像一个"五"；秦朝战士所穿的披甲上也是如此。再如曾侯乙棺材上的图案，在鬼卒的头目旁边也绘有很多个"五"。可见，"五"是一个迷信的符号，它最早是在立表、立杆来对太阳进行测量时出现的图案。古人要测量夏至、冬至等时间点上太阳的角度，通常都要借助所谓的"圭表"，"表"就是竖立起来的竹竿、木头等，而下面的"圭"上有刻度，由此可以对日影的长短进行测量。阳光从天空照下来，在地面形成了交错的图案，因此说"天数五，地数五"，"五"自古以来就被认为是神秘的数字。古人甚至相信生辰中如果有"五"的出现，就是所谓的贵命，比如《史记》记载孟尝君生于五月五日，命格极重——传说命格重的男孩克父，而女孩克母，于是孟尝君的父亲就下令将其丢掉。总之，把衣服上的白线缝成"五"的图案，既有装饰性功能，也有讨吉利的意图在。

"退食自公"，"退"就是下班，"食"就是吃饭。《诗经》时代，官员下班的时候由公家提供晚餐，吃完晚餐后才离开，"退食"就是公家提供给官员的伙食，"公"即公家。汉朝以后，对于这句诗产生了不同的解释。《毛传》并未作注，因为这是当时的人都知道的习惯。郑玄则将其解释为"减膳"，即减少自己的待遇，比如减少自己的官位等级所对应的伙食费金额，以此来表示节俭。东汉以后的注家往往作此解释，孔颖达因而说，大夫级别一般每天吃掉一头小猪，他说的是日常生活，并非公家所给予。而官员下班时享用由公家提供的伙食，这一习惯维持到了后世，比如唐朝官员上班时就不用自己带饭，由政府提供午餐。《诗经》时代为何只提供晚餐呢？因为当时的人一天只吃两餐，早餐在家里吃，晚餐就在公家吃，中间是没有午餐的。《左传》记载："公膳，日双鸡。"公家每天将两只鸡作为主食提供给大夫用餐。简单来说，"退食自公"就是指用完公家提供的伙食后下班回家，而汉朝以后人们往往将此用作对官员清廉的赞美，因为他们将"退食"解释为减少膳食，这种说法其实是不正确的。《诗经》时代一日只吃两餐，早餐吃完以后要过很久才能回家，降低晚餐的标准既影响健康，也影响工作效率。据《周礼》记载，上公"贰车九乘"，周公、召公等人地位显赫，出门时会有九辆马车，诸侯有七辆马车。据《礼记》记载，大夫、上大夫有五辆马车，下大夫有三辆马车。随从人员的伙食与主人合在一起，所以前面提到大夫每天吃掉一头小猪，也是指与他的随从们一起享用。因此，这种国家规定的待遇一旦降低，也必然导致随从们没有力气干活，从而影响工作的实际效率。孔颖达在《左传正义》中称"在官治事，官皆给食"，实际上也是在对这一制度加以提示。"委蛇委蛇"，郑玄注解为"委曲自得"，孔颖达疏说是"神气自若"。《韩诗》将两个字都加上"辶"，变成了叠韵词逶迤，凸显大夫悠闲从容、得意扬扬，乃至走路时都摇摇摆摆的样子。

"羔羊之革"，"革"是皮革，指衣服内里靠近肉的一面，它比较粗糙，不长毛。羔羊皮衣的内里"素丝五緎（yù）"，所谓"緎"，十倍于"纰"，也就是指用二十条丝合成的线，比较粗。因为皮衣是将许多小羊皮缝缝补补拼凑起来的，有很多连接之处，刚好皮衣的内里无法为人所见，于是就在这里使用了粗线。"委蛇委蛇，自公退食"，意思与前面相同，为避免前后重复而略微调整了表达形式。

"羔羊之缝"，"缝"即小羊皮衣的夹缝，这是两块羊皮的缝合处，最容易脱线，一旦脱线整件皮衣就会裂开，所以这里是结构上最重要的部分，也就需要最粗的线条。"素丝五总"，"总"是緎的四倍，也就是八十条丝合成一股线，这样交叉缝起来才能保证绝对不出问题。"委蛇委蛇，退食自公"，与上文相同。

以上都是对大夫级官员穿着质量不错的小羊皮衣上班的描述，这种皮质柔软舒适，广受高等阶层的欢迎。

摽有梅

摽有梅，其实七兮！
求我庶士，迨其吉兮！

摽有梅，其实三兮！
求我庶士，迨其今兮！

摽有梅，顷筐塈之！
求我庶士，迨其谓之！

《摽有梅》也很简短。"摽"字有多种读音，第一种读音是"biāo"，意思是用竹竿打。工业制造中需要用到大量未成熟的水果，水果未成熟时不容易落下，所以需要用长竹竿击打其枝干，这是台湾地区今天在收获青梅时仍在使用的一种方法。第二种读音是"biào"，意思是连接、勾连在一起，比如说两个人摽着胳膊散步。此外，它还有第三种读音"piāo"，意思是掉落、落下，于本诗标题中便读此音，指梅子成熟而落下来。

《毛诗序》说这首诗意在赞美文王的教化，因为当时男女都能及时结婚。这是古人的偏见，即将"二南"默认为文王时代的赞美诗，与我们今天的见解不同。如今有人将这首诗解读为"剩女的告白"，多少有点刻薄，整首诗其实就是看见梅子落地，从而生起了对即将消逝的青春之感伤。简单来说，就是一首调侃待嫁女子的诗篇。

梅子的功能约有如下几种，其一就是调味，古代的佐料种类有限，放入梅子可以增加酸味。其二是可供"香口"，比如说吃过大蒜以后，口中会有臭味，现在有些餐厅会为吃了蒜的客人提供酸梅，以清新口气。其三是可直接食用，比如做成蜜饯之类，或是用来熬制酸梅汤，这都是一般性的用途。梅子主要有两种，一种是青梅，另一种是杨梅，它们通常在春末夏初成熟。人们一般将五月到七月下的雨称作"梅雨"或"黄梅雨"，因为这就是在梅子成熟时所下的。

"摽有梅，其实七兮"，梅子成熟落下来，树上的果实还有七分，"七"在《诗经》中往往用来表示多，树上的果实还有很多，所以不必担心。"求我庶士"，这里的"我"也是复数，翻译成我们，与后面的"庶士"相对应，因为"庶"也是众多的意思，"庶士"就是众位男士，追求我们的众位男士啊。这是在年轻人聚会的时候，大家为了化解隔阂而一起唱的歌，有助于调节气氛。"迨其吉兮"，"迨"就是及的意思，请大家把握时机，趁着黄道吉日行动起来，因为青春还很灿烂，可以慢慢琢磨关于婚礼的事情。选择"黄道吉日"，是两姓结婚中的传统习惯。甘肃天水市出土了秦朝时的《日书》，这就相当于我们今天所用的皇历，是一种可以判别日子吉凶的民间书籍，比如里面说在有些被称作"平日"的日子中可以娶妇嫁女，也就是适合娶妻子、嫁女儿，如此等等。

"摽有梅，其实三兮"，梅子成熟后纷纷落下来，树上的果实只剩下了三分。"求我庶士，迨其今兮"，追求我们的男士啊，要好好把握今天！这是说青春即将溜走，希望男生们赶紧加油。

"摽有梅，顷筐墍之"，这里"顷筐"再次出现，指浅浅的斜口筐；"墍"是"概"的假借字，李斯在其《仓颉篇》中就写成这样，它本来是平斗斛的用具，在此解释为装得平平整整。我们今天衡量稻米等粮食的数量时，一般是对其进行称重，而古人则是用容积与体积来衡量，比如买一升米，或是一合（gě）、一斗，等等。把稻米装进容器时，需要用工具将其顶部扫平，这种工具是一种长条木片，或者是一根很圆很直的木棍。"概"不仅是这种工具的名称，同时也可以用来指扫平稻谷的动作，简单说就是装得平平整整，完全符合标准，我们也可以将其翻译成满满的。"求我庶士，迨其谓之"，"谓"就是说追求我们的男士啊，赶快说一声就可以了！

这自然是大家互相调笑的话，但里面也包含了一些社会习俗及其造成的压力。婚姻的缔结不一定出自男女双方本身的意愿，很多时候也有来自外界的压力。这种压力有时甚至是来自国家的，《周礼》记载，有官员到春天二月，也就是农历二月时要负责召集青年男女开会，因为青年男女一旦成家，国家马上就可以征税了，古代是以户口、家庭为单位来征税的。另外，年轻人生的小孩在未来可以成为国家的战士，这也是国家希望年轻人赶快结婚的原因之一。

小　星

　　嘒彼小星，三五在东。
　　肃肃宵征，夙夜在公。
　　寔命不同。

　　嘒彼小星，维参与昴。
　　肃肃宵征，抱衾与裯。
　　寔命不犹。

关于《小星》这首诗存在几种解释，《毛诗》认为，这首诗是讲后妃们能够照顾同为女性的下属，她们对下属施以恩惠。实际上，这首诗主要表现了女性对命不如人的叹息，因为有些人生下来就被许多条件限制住了，再怎么努力似乎都无法突破，这就是人生中的"命"。还有一种说法认为，诗中描述了一些小臣，他们为国家公事不分日夜地奔波，并感叹命不如人。这种说法实际上与诗的内容存在差距。传统上，"小星"一词一直被当作小老婆的代称。

比较特殊的还有胡适对这首诗的解释。1925年，胡适去武昌大学做开学演讲，大概是为了让气氛更加活跃，他就提到了《小星》这首诗，认为这是对妓女生活的最古老的记载。胡适运用的是西方社会学的方法，他根据《老残游记》中的例子，指出黄河流域的妓女晚上要陪客，黄昏时就有仆人将棉被、铺盖搬到男子的房间里去。这种讲法引起了轩然大波，最主要的原因是时代差距太大，周朝与清末民初可能存在一些表面上相同的现象，但它们其实根本无关。胡适的这段讲话，后来收录于《胡适文存》第四册的《谈谈〈诗经〉》中。

这首诗侧重于描写女性，尤其是女性对祭祀的参与。我们看到，西方如今的奥林匹克运动会上，负责从希腊采集圣火的大都是女性，因为无论东方还是西方，都认为让女性为神服务更能讨得欢心。仪式上需要舞蹈，男性也参与其中，但仅仅是作为女性的衬托。《小星》这首诗中有众多女性参与，有些地位很高，有些服务性质的人员则地位较低，职位越低，劳动量越大，所以她们就会叹息。

开篇写道"嘒彼小星，三五在东"，"嘒"就是光芒很微弱的样子，默默无闻的小星星光芒微弱。"彼"相当于"着"，可以不翻译。"三"是"三心"，心宿即东方的青龙座或苍龙座，有三颗大星，其中还有著名的一等星，红光闪闪，非常耀眼，小星只是它们的陪衬。"五"就是"五噣（zhòu）"，即柳宿，形似鸟的嘴巴，属于南方的朱鸟座，南方的神就是朱雀、朱鸟。小星伴着三心五嚼挂在东方的天空上。郑玄认为，三心于农历三月出现在东方，也就是春天的时候，五嚼出现于东方则是在农历正月。其实这两个星座都会在春天出现于东方，只是前后相继，并非同时。

心宿三星位于东方青龙座"角、亢、氐、房、心、尾、箕"七宿的中心，青龙座通常出现于农历二月初。二月初二有"龙抬头"之说，那时青龙座"龙角"的部分刚刚浮现在地平线上。这对农业社会影响很大，人们要在大地回春时开始耕种，所以民间对这个日子非常重视，相关习俗有拜土地公、吃花生、饮米酒等，民间的庙宇通常也会举办祭祀活动，台湾地区还将其当作土地公的生日。心宿三星中最大的就是大火星或者说心宿二，它与耕种存在密切的关系。朱鸟座也包含"井、鬼、柳、星、张、翼、轸"七宿，排列为鸟嘴状，在春分当天黄昏时出现，这是仲春季节的代表星宿，在农历二月时可以看到。由此可见，"三五在东"就是对春天的描述，古人的说法不一定很精确，而当代的天文科技有了长足的进步，还可以用软件进行模拟，看得非常清楚。光芒微弱的小星星伴着三心五嚼高挂在东方的天空上，这就是春天的景观，也是祭祀的季节。

"肃肃宵征，夙夜在公。"《诗经》时代的祭祀最晚要在天亮以前开始，所以准备工作开始得更早，也就是要在黑夜中进行。"肃肃"可以解释为迅速或匆匆忙忙的样子，"宵"是黑夜、夜晚，"征"是快速地走路、赶路，为了准备祭祀而匆忙地在黑夜之中赶路。由"夙"字的结构可以看出它与月亮有关，指的是从后半夜到天明的时段，可以翻译为"大清早"，或将其引申为"从早到晚""日日夜夜"。"公"就是公家，大清早就为公家奔波操劳。"公"又与"宫"相通，有些人就将其解释为在庙里，这样也可以。"寔命不同"，"寔"就是实在，生下来就命苦，实在是和别人的命运不一样。下层人员比较操劳，负责督导的后妃就没有这么大的工作量，因此下人们有时就会叹息，只是出身不同就导致了一生中这么大的差异。

"嘒彼小星"，光芒很微弱的小星星。"维参与昴（mǎo）"，"维"指维护，小星星护卫着大星。"参"与"昴"都属于白虎座，即今天的猎户座，也是大星，小星是它们的陪衬。西方的白虎七宿即"奎、娄、胃、昴、毕、觜（zī）、参"，以觜为虎口。"参"主要包括三颗星，《唐风》中的"三星在天"就是指参宿。昴宿是很漂亮的蓝色星团，即天文学家所讲的"七姐妹星团"。《毛传》将"参"解释为伐，将"昴"解释为留。所谓"伐"，是指隶属于参宿的另外三颗星，它们与参宿的角度呈八九十度，代表将军之类，传统上认为它们与军事和战争关系密切，一有变动就会引起战乱，具有十分重要的意义，所以《毛传》就用这"三伐"来代表参宿。

白虎座主要出现在秋天，青龙白虎合起来就是一整年，春分是青龙，秋分则是白虎。参宿的三星在猎户座中相当于猎人的腰带，刚好呈直线，所以在天空中很容易找到。它们是冬季星座的指标，在过年时正好升到天空中，位于正南方。一般人家的大门都朝南，所以在农历正月时往往可以从大厅的门口看到它们，这就是所谓"三星在户"，所以三星也出现在春联中，不过改成了"福禄寿"三星。三星"在天""在隅"与"在户"代表了不同的月份，即十月、十一月与正月，这在山西省可以看得很清楚，据说那里的人从唐尧时代起就习惯使用这种观察的方式。此外，还有所谓"参商"的传统说法，如杜甫的名句："人生不相见，动如参与商。"参是白虎的星座，商是青龙的星座，二者的经差达一百八十度，横跨半个地球，所以始终无法碰面，冬季只能看到参星，夏季只能看到商星。

昴宿星星繁多，其中主要的有七颗，它是白虎的中心，隶属于金牛座，是很重要的季节指标。比如《尚书》中曾提到，冬季出现的主要就是昴宿，如果它在黄昏时处于中天，就意味着冬至将到。

人类很早就熟悉了时节的变化，比如在距今约五千年的大汶口刻纹陶尊上画着五座山与一个太阳，在其出土地点莒县刚好有着五峰并连的山，而在春分与秋分这两个时段，清晨太阳升起时便刚好位于中峰的上方。再如陕西临潼姜寨彩陶上的一些图案与月亮和毕星有关，《诗经·小雅·渐渐之石》中说，月亮与毕星碰头的结果是"俾滂沱矣"，就会下大雨，这是古代天文的一种常识。姜寨陶器上的图案还区分了新月、上下弦月，乃至望、晦等。

总之，古人谈到天文时一定会谈到青龙与白虎，因为这是黄道带最显眼的两个星座。像《小星》在第二段中提到了白虎星座中的昴宿，那么第一段一定是关于青龙的，"三五在东"只能解释成三心五噣，不能随便解释成三五颗星，因为白虎座与青龙座总是相对的。古人非常重视春分与秋分，因为这与耕种有着密切的关系，要在此时祭祀太阳和月亮。此外，在冬至、夏至时还要拜天地，这就是"分""至"四气，它是四季的来源。

"肃肃宵征"，匆忙地在黑夜里赶路。"抱衾与裯（chóu）"，"衾"就是大被子、大棉被，而"裯"是一般的床帐。胡适将这一句解释为黄河流域的妓女抱着床帐，他也将"裯"解释成铺盖之类。因为准备祭典的时间很紧张，工作人员只能在庙里稍微睡一会儿，所以会准备这些铺盖。"寔命不犹"，"犹"就是如，实在是命运不如别人、比别人差。

江有汜

江有汜,之子归,不我以!
不我以,其后也悔。

江有渚,之子归,不我与!
不我与,其后也处。

江有沱,之子归,不我过!
不我过,其啸也歌。

《毛诗》说整首诗意在赞美陪嫁的女孩子，赞美陪嫁制度，总之这是一首妾媵因为无法参加陪嫁而作的怨诗。陪嫁的一般都是国君的庶女，即诸侯诸妾所生的女儿或同姓大夫的女儿，最小的年纪低至八岁。我们前面讲过，诸侯一次要娶九个新娘，如果一下子找不到九个，就可以从年纪小的女孩中挑选，将其充作备员，也就是把她列入新娘的名单里，但她实际上不出嫁，还是与父母一起待在家中，直到十五岁时才离开家去陪嫡妻，年满二十后就可以与丈夫正式过夫妻生活了，这是古代关于妾媵的规矩。

"江有汜（sì）"，"汜"就是支流，从大河中流出后又回归主流的分支叫作"汜"。通常在夏季洪水泛滥的时候，支流会冲出主流，流过一段距离后又与主流汇合。长江有不少这种小河流，作者用这种现象来象征陪嫁之人。"之子归"，这位女子出嫁。"不我以"，"以"就是带着，不带着我。"以"字在甲骨文中就有这层意思了，《易经》里也有相似的用法。

我们来看看归妹卦，它讲的是周女出嫁到商朝都城的事情。读卦时要从下往上分析，一根长线的是"九"，两小段的是"六"，九为阳，六为阴，这是《易经》的符号。归妹卦的第一爻是初九，然后是九二、六三。"初九，归妹以娣，跛能履"，初九的卦象表示带着妹妹一起出嫁。这样做有什么好处呢？就是跛脚也能走路。姐姐的脚虽然跛了，行动不便，但妹妹会与自己同心，所以姐姐可以扶着妹妹的肩膀前行，用这个道理来赞美陪嫁制度的理想性。其《小象传》是"归妹以娣，以恒也"，出嫁带着妹妹是"恒"，原书中的"恒"字不完整，是为了避开汉朝皇帝的名字，所以少了一画，这是常规的做法。姐姐出嫁时带着妹妹，"跛能履，吉，相承也"，因为可以互相帮助。

接下来是九二，九二是第二爻，也是阳爻："眇能视。""眇"就是一只眼睛看不见，这是用了夸张的手法来强调陪嫁的好处，因为姐姐若是眼睛看不清楚,姐妹同心,陪嫁的妹妹就可以在旁边告诉姐姐。

再来看六三,这第三爻是阴爻:"归妹以须。"出嫁到朝歌时带着"须","须"字省略了下面的女字底,这是楚国的文字,代表姐姐,指出嫁的时候带着姐姐去陪嫁。"反归以娣",与一般人家妹妹陪嫁的做法相反,"未当也",这是不适当的,因为违反了常规。

总之由归妹卦可知,"以"就是和、带的意思,"不我以"就是不带我一起去。"其后也悔","其后"即以后、将来、未来,将来一定会后悔,因为多一个人总是有帮助的,少了一个就会后悔。

"江有渚","渚"就是沙洲,大江都会有小沙洲。河流再大,中间都会有阻碍,就像能力再强也会碰到棘手的事情一样,这是一种隐喻。"之子归,不我与","与"就是和的意思,不和我一起出嫁。"其后也处",这里"处"是"癙"的假借字,表示忧郁痛苦,将来一定会痛苦,因为少了一个人。

"江有沱",沱水是长江在四川的一条分支,据说其水流十分平缓,这是它的特色。这里的隐喻是,如果有个脾气比较缓和的人陪嫁,遇到冲突时就有制衡的力量,比如妻子与丈夫产生了冲突,而其他陪嫁的人个性没有那么急,就能起到缓和的作用。"之子归",这位女子出嫁,"不我过","过"就是拜访,不来拜访我,也就是不来找我一起去的意思。"其啸也歌","啸"就是长啸,将来一定会长啸、唱歌,但这里的歌是悲伤的,所以我们翻译成长啸、悲歌。古人的"啸"简单说就是吹口哨,至于真正的啸究竟是什么样子,我们今天已经无从考证了。《说文解字》与《诗经》中都提到了"啸",而且不光男性,女生也可以很擅长。如《列女传·鲁漆室女》记载,鲁国漆室这个城市有一个女孩,"过时未适人",超过二十岁还没有嫁人。"当穆公时,君老,太子幼,女倚柱而啸",她大概是感慨国君年纪太大,太子年纪太小,为国家感到悲哀,所以倚柱而啸。"旁人闻之,莫不为之惨

国风·召南 | 135

者"，旁人听后都感到悲伤。"其邻人妇从之游"，邻居的妻子与她交游，说："何啸之悲也？"为什么啸得这么悲哀呢？"子欲嫁耶？"你想出嫁的话，我可以帮你找对象。由《列女传》的记载可知，古代女子也擅长啸。再如神话里面，西王母也很会啸，《山海经》中的《西山经》《海内北经》与《大荒西经》对此都有记载。总之，自古以来很多女性都会啸，我们在翻译时简单翻译成"吹口哨"即可。

野有死麕

野有死麕，白茅包之。
有女怀春，吉士诱之。

林有朴樕，野有死鹿。
白茅纯束，有女如玉。

舒而脱脱兮！
无感我帨兮！
无使尨也吠！

据今天动物学家的观察，河麂（jǐ）这种动物主要分布于我国南部，如江苏、浙江、湖北、湖南等地，而且，在今天还有出现。它没有角，重约二十斤。《毛传》说这首诗表达的是"恶无礼也"，即厌恶一个人没有礼节。为什么呢？因为"二南"是文王时代的歌，当时风气很好，所以作者厌恶没有礼节的人。实际上，这首诗是年轻男女在春天联谊时所唱的歌曲，可以活跃气氛。此诗自五四时期以来就很有名，一些人戴着有色眼镜，认为这是一首淫诗。

此诗之所以被看成淫诗，首先与"野"有关。"野有死麕（jūn）"，"野"指在野外，《郑风》有一首《野有蔓草》，写得很美："野有蔓草，凝露漙（tuán）兮。""凝露"就是露水，"漙"就是圆圆的样子，美丽的露珠一团一团的。"有美一人，清扬婉兮"，有一位美人，眉清目秀。"邂逅相遇"，就是不期而遇；"适我愿兮"，刚好是我心中盼望的那个形象。"野有蔓草，零露瀼（ráng）瀼"，"瀼瀼"就是一团一团的样子，到处都是露珠。"有美一人，婉如清扬。邂逅相遇，与子偕藏"，和刻本作"藏"，这是日本保存的唐宋时期的刻本，说是男女一起躲到草堆里去。躲进去做什么呢？许多人就产生了不好的联想，这属于《诗经》读者的通病。

《汉书·食货志》中说，"春令民毕出在野，冬则毕入于邑"，"邑"指城市。在农业社会中，春天天气暖和，国家就命令农民全都住到田地上，一直到秋天收割完成，才再举家搬回城市。游牧民族也习惯于这种生活，清朝时慈禧太后之所以建颐和园，就是因为她保留了游牧民族的习惯，春天一到就习惯到野外去生活。《汉书》还有"还庐树桑"的记载，"庐"指茅庐，《说文解字》称庐为寄，就是寄宿的地方，像今天的宿舍一样，"秋冬去，春夏居"，天气冷的时候就离开，天气暖和了就住到里面去。"庐在田中"，在田地的中间，所以《诗经》里说"中田有庐"。农耕已毕，乃居于里，"里"就是城市中的单位。

《礼记·月令》中也有类似的记载，仲春之月时"耕者少舍"，农民在农历二月时还可以住在家里，二月过后就整个搬到田地上去了。根据清朝孙希旦《礼记集解》的说法，到了孟夏四月时"此时当出耕庐舍，而不可休于都邑"，夏天住在城市属于犯法，会遭到处罚，农业社会政府会有这样的规定。再如《管子》中有很多管子学派保留下来的经济方面的文章，其中《轻重己》篇——"轻重"就是今天的经济——记载，"以冬日至始，数九十二日，谓之春至"，从冬至开始数九，九十二天就是春至。春天一来，天子就要"东出其国"，要设坛、聚集诸侯及卿大夫等，总之官员都要出动，还要巡视百姓，并敬拜东方的神明，因为春天对应东方。十天之内，也就是清明的前几天"室无处女"，城市的家中不可以住人；"路无行人"，也不可以在路上闲逛。"苟不树艺"，"树艺"就是耕种，假如有人不耕种，那就是犯法，因为《管子》讲究富国强兵，很注重经济。

总之，在农业社会，春天一到政府就令农民搬往野外，这是古代的风俗，读《诗经》时不可看到"野"就想入非非。

再来看看《周礼·媒氏》的说法。《周礼》规定，仲春即农历二月时，政府官员要举办联谊会，主要面向二十岁左右的青年男女，这时"奔者不禁"，只要年满二十岁，就可以不受干涉地表达情意，家长与官员都不能反对，否则就要受罚。政府之所以这样规定，是因为年轻人如果尽早成家，国家的人口就会尽快增长，生下的小孩都是未来的战士。另外，年轻人一成家就立刻单独成户，开始年年缴税，国家获得的利益实在很多。因为仲春时节大家都住在郊外，所以联谊会的举办地点也在郊外，《野有死麕》就是此时召开的联谊会上年轻人所唱的歌曲。

"麕"字有几种写法，《说文解字》中下面的部首是"禾"，还有写成"章""因"乃至"君"的，各种写法其实都相通。过去的文字学家不太熟悉"麕"究竟是哪种动物，猜测它与鹿相似，但是没有角。今天的动物学家已经确定"麕"就是河麂。"野"即野外，按照周制，离城市五十里内属于近郊，百里内属于远郊，简单说就是郊外、野外。"死麕"指麕肉。麕这种动物很难捕获，它蹦蹦跳跳的，动作很灵活，必须以围猎的方式才能抓住。据说它的肉很美味，野外或野地里有围猎分到的麕肉，因为是美味，所以要善加利用。"白茅包之"，用白色的茅草把它好好包裹起来。茅草干燥后颜色洁白，显得很干净，被用于祭祀：古人将茅草铺到地上，然后将祭品摆在上头。另外，送礼时还可以用它包裹水果之类，古代没有塑料等材料，白茅是很理想的包装。因为麕肉是美味，所以要妥善地包装，这样才能在送给心上人时让对方心动。

"有女怀春"，少女们在春天想到出嫁结婚的事情，"吉士诱之"，"吉士"指媒官，即春天负责联谊会的官员，《周礼》中称为"媒氏"。这些媒官不仅要招呼年轻人，还要负责组织整个活动，让气氛热闹起来，力求让联谊的成功率达到百分之百。"诱"的本义是诱导，我们前面讲过，其最初的写法即"牖"，即旁开的窗户，它可以把光线引进来，从而引申出从旁诱导、指导的含义。

欧阳修在《诗本义》中提出了另一种说法，扭曲了本诗的原意："吉士遂诱而污以非礼。"他认为当时南方并非文王统治的地区，是商朝的版图，而商纣是昏君，所以会带动不良的风气，导致一些男性没有礼貌，为非作歹。欧阳修如此误解"诱"的含义，他官职很高，导致了后来一直到五四时期的整个《诗经》学对此都产生了误解。实际上由《战国策》可见，即使是战乱年代，古人在婚礼方面也仍然规规矩矩。

《战国策·齐策》记载了"勿忘在莒"的故事，齐闵王四十年时，燕国、秦国等五个国家共同攻齐，闵王只好逃走，最后却仍然被杀，他的儿子就逃到了民间，而且改名换姓，不敢自称王子，躲到了莒城一个太史的家里当工人。然而，太史的女儿一看就知道这个人不平凡，不像工人，一开始"怜而常窃衣食与之"，"怜"就是喜爱，常偷衣食给他；"私焉"，而且与这位落难王子私订终身。隔年，王子被找出来继承王位，是为齐襄王，但身为父亲的太史就说"女无谋"，"谋"就是"媒"，女儿没有媒人就把自己嫁出去，这就不是我们家的女儿了，所以从此一辈子不认这个女儿。不过，这个皇后确实非常杰出，十分贤惠，当时齐国会稳定大概就是靠这位太史女儿的协助。齐襄王在位只有十九年，后来他的两个儿子继承了王位，在位间时长达四十四年，在公元前221年时，齐国才被秦国灭掉，它是六国里最晚被灭掉的国家。

由此可见，战国时人们还是要遵守婚姻的规范，所以欧阳修讲的实际上很有问题。我们还是将其翻译为，少女们在春天想到结婚的事情，媒官就对大家进行指导和诱导。

"林有朴樕（sù）"，"林"就是森林、树林，通常荒郊野外才有树林。有些人把"朴樕"颠倒过来，变成"樕朴"，也可以。"朴樕"就是心木，又叫槲栎（hú lì），这是一种落叶乔木，到了秋天会变成红色或金黄色，是很有名的风景树，高度可以达到二十五米，诗里用来表示环境很优美。"野有死鹿"，野地里围猎分得的鹿肉也是珍品，所以也可以将其打包好送给心上人。

"白茅纯（tún）束"，所谓"白茅"，即白色茅草；"纯"本来用于对丝织品的描述，一匹布的一半称作"纯"，周朝时因为没有偏旁，在经文中往往将其写作"屯"，它也有绑、捆或束的意思。通常将五匹布捆成一束，而一纯只有半匹布，所以五匹一束等于十纯，这在结婚时正好可以用来配合成对，送礼时也一样。为什么用五匹呢？

最主要的原因在于"五"是常数，比如人的手伸出来就有五个指头，这类常数颇为实用。不过需要解释的是，"纯"除了具有包装的意思外，也可以引申为美或善，这是从包得很美观、很完善的角度引申出来的，因此也可译作用白色的茅草把它包装得十分美丽。这种习俗与周代所谓"苞苴"的礼节有关，古人送水果时要先在下面垫上"苴"，也就是草垫，与我们今天在水果盒下垫上海绵类似。"苴"本来是鞋子的草垫，除去垫子以外，还要在外面继续包裹，这是周朝时送礼的一般习惯，因此这里送的虽然是鹿肉，却也在模仿赠送锦绣丝织品时的习俗，只是二者间略有差异，翻译时也要略作变通。"有女如玉"，就会有如花似玉的配偶，因为身体状况很好——这在古代很容易受瞩目，并且懂得礼貌，还能送出很好的礼品，包装尤其精美，能交到如花似玉的女朋友自然是理所当然，这些都是媒官教导的。

"舒而脱脱兮"，"舒"就是缓慢的意思，"脱脱"本应读作"tuō tuō"，这里为了与后面的"帨"与"吠"押韵，读作"tuì tuì"，这几个字在周代的古韵中都押在"月"这一韵里。"脱脱"就是动作轻松自然、态度放松自如的意思。在贵族社会中，这算是君子的素养，君子的仪容都讲究"舒迟"，孔颖达注解说，在平时要做到悠闲、从容而自然，不过在碰到尊长的时候，就要"齐遬"，"齐"通"疾"，意思是迅速，"遬"是古文，相当于今天的"速"。君子平时很从容，但当有尊长在座的时候，与其接触时动作就要迅速，这对五官与手足的动作都有要求。另一个重点则是"燕居"，日常生活中在向仆人交代事情时要保持温和，这也是贵族很重视的品质。因此，楚国王室所铸的一些鼎上就强调，自己"温恭舒迟，畏忌翼翼"，"畏忌"指做事小心谨慎；"敬厥盟祀"，在盟约、祭祀等集会场合十分恭敬。同样，王孙诰的钟铭里也存在类似的内容，可知楚国的王子王孙很注重"舒迟"的素养。《金瓶梅》里也有"停停脱脱"一词，也就是舒舒服服的意思，但后来读《诗经》的人，有些人将其解释为"脱了又脱"，包括五四时期的一些学者在内，这就产生了很大的偏差。

总之，交朋友，尤其是交异性朋友时不能急躁，应当循序渐进，有了默契后自然就能水到渠成，因此礼教社会尤其重视"脱脱"的德行。这句"舒而脱脱兮"显然并非出自年轻男性之口，因为男生交女朋友时难免会紧张，往往就忘记了这些原则，所以这无疑是媒官的教导，与前文的"吉士诱之"相呼应，"诱"就是从旁诱导、教导。

"无感我帨（shuì）兮"，"感"可以读成"撼（hàn）"，意思是撼动、动摇；"无"相当于"勿"，即不要，不要让我们——男女双方——身上的"帨"，也就是手帕之类的丝织品动摇起来。

根据《礼记·内则》记载，"子事父母"，也就是太子在侍奉父母时，一听到鸡鸣就要起床盥洗，由此可知，要继承君主之位是很不容易的。盥洗完后，"左右佩用"，要在皮带的左右两侧挂上许多东西，"左佩纷帨、刀、砺、小觿（xī）、金燧，右佩玦、捍、管、遰（dì）、大觿、木燧……""纷帨"就是麻布之类的，"纷"是大毛巾，"帨"即手帕，"刀"就是磨刀石，还有说是打火石的，亦通，古人会将这些东西随身携带，这也是一种习惯。"觿"是动物的角，杀死动物需要不凡的武艺，所以古人会把它的角佩戴在身上用来炫耀，这同时也可以表示自己已经成年，《诗经·芄兰》中就谈到了佩戴兽角的习俗。此外，兽角的尖端还很实用，可以用来打开礼物上的绳结。"金燧"又叫"阳燧"，是一种小巧而简便的取火工具。"玦"是射箭用的扳指。"捍"就是射韝（gōu），一种绑在手臂上的套子，便于射箭、养鹰等。"管"是毛笔，"遰"是刀子，其作用相当于橡皮擦，因为周朝时的文字都写在木板、竹简上，写错后只能将其削掉。"木燧"也是一种取火用的工具。

另外，《礼记》还记载"男鞶革，女鞶丝"，"鞶"就是小皮带、小丝带，里面放着帨巾，也就是手帕，可见无论男女都会携带手帕，所以诗中的"我"仍要翻译成我们。根据考古发现，古人除了皮带之外，还会佩戴铜带钩之类，上面可以悬挂很多东西，比如女生可以用来悬挂香囊等。唐朝的图画中，边疆少数民族腰上还会佩戴所谓的"蹀躞（dié xiè）带"，可以悬挂小皮包等。古人习惯同时佩戴两条腰带，较大的一条是丝带或帛带，较小的则是皮带，皮带在上，丝带在下。

"无使尨（máng）也吠"。"尨"是一种长毛狗，甲骨文上"长毛"的部分位于肚子底下，写成隶书后则转移到了后背上。日本有人对此颇感兴趣，曾做过考察，认为最接近"尨"的是南俄罗斯的牧羊犬。根据《穆天子传》记载，天子也会饲养尨狗。甲骨文的"狩"字由一个干（盾牌）与一条狗组成，打猎时一般不用长毛狗，因为它不易散热，所以尨一般被用作守狗，也就是在家里帮忙看守东西。"器"字为什么由四个"口"与一个"犬"组成呢？经学家于省吾说，上古时期的人在春天、夏天与初秋时都住在田野上，当一家人都下田的时候，家里的东西就由狗来看守，所以才造出了"器"这个字。除了农家之外，古代的一些军事单位也会养狗，这也是看重它看守东西的功能。总之，"无使尨也吠"就是不要让长毛狗也叫起来，因为狗比较熟悉主人的心理，一看到青年男女在卿卿我我，就可能跟着叫起来，所以这里是在告诫年轻人动作不要过于粗鲁。

最后，这首诗还牵涉唱的问题，因为最后一段明显属于"乱"的部分。我们在讲《关雎》时已经提到过，"乱"就是在整首诗最后重新用简短的语句对其大意进行叙述。根据阜阳汉简来分析，这首诗在聚会上歌唱时可能是由女生先唱，女生唱完前两句后，男生接着唱下面的"有女怀春，吉士诱之"两句，这里可能会暗藏着一些双关的意味,即欧阳修所谓的"勾引"的意思在,目的是让聚会的气氛变得更加热烈。接下来女生再唱两句,男生又跟着唱"白茅纯束,有女如玉"两句,他们同样可能会暗暗作怪,也可再次带动气氛。最后一段则是男女合唱,因为这属于媒官的教导。

何彼襛矣

何彼襛矣,唐棣之华?
曷不肃雍?王姬之车。

何彼襛矣,华如桃李?
平王之孙,齐侯之子。

其钓维何?维丝伊缗。
齐侯之子,平王之孙。

学者公认《何彼秾矣》这首诗的主旨是赞美王姬。周天子的女儿或孙女出嫁时，所用的装饰、器具、衣服无不十分高级，与三公的夫人相当，比诸侯夫人高很多，只比王后低一级而已。此外，她必须表现出"肃雍之德"，身居高位者只有如此表现，才配得上其所乘坐的高级马车与所穿的高级服饰。总之，整首诗以赞美王姬出嫁为主题。

"何彼秾矣"，过去的学者对"彼"字的处理其实并不妥当。根据清朝王引之的讲法，"彼""匪"互用，"匪"就是非，也就是"不"的意思，因此"彼"也当翻译为"不"。但其实在《后汉书》中，"彼"是众人的意思，当作第三人称的复数指示代词。北京大学也有教授对此做过研究，认为《诗经》中的"彼"都是指示代词，这种讲法有些笼统，因为他们还没有深入掌握诗义。《诗经·陈风·东门之池》中有一句"彼美淑姬"，这里的"彼"一般都翻译成"那位"，只表示单数。复数性的用法当然也有不少，比如《小雅·出车》中的"彼旟旐（yú zhào）斯"，"旟"是军旗，是城市的百官队伍所持的旗子，上面画着鸟或隼；"旐"则为乡下的队伍所拿，上面画着乌龟或长蛇。诗的题目叫《出车》，国家的大军要出征，参与的人非常多，旗子的数量也不会少，因此这里的"彼"绝对是复数，应当翻译成好多、众多等。综上所述，"彼美淑姬"是指在东城门口的水池边沤麻唱歌的美女，这样的女子当然也不会只有一个。"彼"在这些地方其实是形容词，因为后面修饰的都是"旟"等名词，所以称为"指示形容词"比较合适。至于"秾"，《说文解字》将其解释为衣服很厚，有的学者将其译为衣饰华美艳丽，这样多少有点牵强。《毛传》把"秾"解释为"戎戎"，我们可以参考唐朝学者陆德明《经典释文》中的说法，他说《韩诗》中写作"莪"，也就是说"秾"是古文，"莪"是今文，"戎"则是简化的、省文的写法。"戎"与"茸"相通，"秾"其实就是茸茸，因此"何彼秾矣"应当翻译为怎么有这么多茸茸的装饰呀，"何"译为怎么。

"唐棣之华","华"就是花,像唐棣的花朵一样。唐棣这种花密密麻麻的,看上去毛茸茸的,十分美丽,能够与少女相配。"曷不肃雍","曷"即怎么,"曷不"就是怎么不;"肃"即肃穆、庄敬,"雍",即和谐。这与马车上的铃声有关,铃声就表示和谐与恭敬。

前面提过,王姬或公主出嫁时,马车的级别比王后低一级,这也就是"厌翟"一级。"翟"就是"雉",是一种长尾野鸡,雄性的羽毛十分艳丽,可以用作装饰;而"厌翟"就是指用"紧密排在一起的野鸡毛"装饰的马车。马车车衡上装着"鸾铃",通常最多为八个,左右各三个,下面还有两个。"鸾"是一种类似于凤凰的传说中的鸟类。鸾铃分开悬挂是为了产生应和的作用,如当有人登上马车时,左右的鸾铃首先发声,下面的两个则稍晚发声,这样就产生了先后顺序与相应的节奏。诸侯的马车由四匹马拉着,马车一跑起来,车上的鸾铃就发出"锵锵"的声音。根据山西省的考古发现,诸侯夫人的马车鸾铃数量是四个,比如晋国王后的马车,其他女性的车上则找不到鸾铃,这是因为晋国受封时是个小国,国君的地位不高。至于王姬,其地位相当于上公的夫人,所以车上有八个鸾铃,很是醒目、悦耳。

根据《礼记》的记载,"升车则有鸾和之音",一上车鸾铃就会立刻发出响亮的声音,这表示有礼且有度,铃声的节奏是礼貌的表现,这是古代贵族十分注意的一点。因此《礼记》同时讲:"车马之美,匪匪翼翼;鸾和之美,肃肃雍雍。"由此可见,诗中的"肃雍"讲的正是这种鸾和之美,或者说鸾和之仪,在驾驶马车时,只有让声音达到鸾和的节奏,才算合乎礼仪。

根据《周礼》的记载,凡"国子",也就是贵族子弟,都要学习六种礼仪,其中就包括"车马之容",即车马的外观及应该遵守的相应的规矩等,这里所说的马,是指贵族所训练的仪仗马。

刘向的《新序》中还记载了晏子的故事,齐国的崔杼"弑其君",

杀死了国君，并要挟官员们与他歃血为盟。如果认同了叛乱者，将来可能有抄家灭族的风险，因此官员们宁愿牺牲自己也不接受。在晏子到达之前，已经有十人被杀害，晏子同样选择不答应，崔杼却放过了他，因为晏子在齐国民众中具有极高的威望，叛乱者也不敢得罪全体人民。"崔子舍之，晏子趋出，授绥而乘"，马车夫将绥交给晏子，拉他上马车，"其仆将驰"，驾车的官员此时大概心惊胆战，就打算赶马快跑，晏子则"捫其手"，按住他的手说"你慢慢来"，要求他"按行成节"，也就是按照行车礼仪所要求的那种悦耳节奏，很自然地离开。由此可见，古代贵族非常讲究这些礼仪。

有关鸾铃的固定位置，专家们认为"锡"在马额，"铃"在旌旗上方，其他铃铛的位置则可能有所变化。

"曷不肃雍？王姬之车"，怎么不庄敬和谐呢？因为是王姬出嫁的马车。

"何彼秾矣，华如桃李"，怎么有好多茸茸的装饰呀，就像桃花、李花一般？"平王之孙，齐侯之子"，这是平王的孙女要嫁给齐侯的公子。

"其钓维何"，"钓"就是指钓鱼，"维"即为，是如何的意思。要如何钓鱼呢？"维丝伊缗（mín）"，"维"，是，"伊"，做，用蚕丝做出"缗"，也就是两股交叉的钓鱼线。之所以强调两股交叉，是为了比拟男女的结合。

整首诗没有蕴含什么深奥的学问。古人在日常生活中已经能够利用桃花与李花的价值，河北发现的商朝遗址可以佐证，在花朵中加上蜂蜜与香草，就可以酿出水果酒。至于鱼的形象，它在彩陶文化时期经常与鸟一同出现，古人认为二者是生命的源头，鱼象征女性，鸟象征男性，所以往往用钓鱼来比拟结婚。整首诗很简短，这是因为它主要是用来在野外演奏的。

驺　虞

彼茁者葭，壹发五豝，于嗟乎驺虞！

彼茁者蓬，壹发五豵，于嗟乎驺虞！

按照传统说法，"驺（zōu）虞"是一种义兽或曰神兽，《毛传》称其为"白虎黑纹"，晋朝的陆机讲得更为夸张，说它"不食生物，不履生草"，非常慈悲仁爱，连草都不踩，总之是一种传说中的动物。依《毛诗序》之说，《驺虞》是"《鹊巢》之应也"，即对《鹊巢》的回应。诸侯的家庭结构很健全时，就会产生如同驺虞一般的好官员，他们"蒐田以时"，在掌管王家的园囿，也就是动物园时能够尽忠职守，这首诗就是在田猎的时候演奏的。

根据《周礼》的规定，天子与诸侯每年四季都要打猎，这是一种军事训练，可以检阅军队与装备，还可以考验驾驶马车的技术。国子在求学时就要掌握这种技术，其重点在于追逐禽兽时，应当"逆驱禽兽，使左当人君以射之"，方便国君从左边来射，因为最佳的射杀方法就是从"左膘"射到"右腢（ǒu）"，也就是让箭从左侧小腹穿到右侧肩头，这样可以避免箭被肋骨挡住，从而实现"一箭穿心"的目标，如此既可以让动物当场死亡，又不会出血太多。这就是《礼记》中所谓"上杀"之法，用这种方法射杀的动物可以用来在宗庙中祭拜祖先，因为浑身是血的动物是不能进入宗庙的。

"彼茁者葭"，此处的"彼"也是第三人称的指示形容词，且为多数，因为"葭"是芦苇，数量自然多得不得了，这句诗因而译作好多茁壮的芦苇，芦苇的用途十分广泛，据说在细嫩的时候可以当作优等的饲料。汉初大学者贾谊在《新书·礼》中解释道，"礼者，臣下所以承其上也"，礼仪是用来服侍长辈与上位者的，"故诗云：'一发五豝（bā），吁嗟乎驺虞。'驺者，天子之囿也；虞者，囿之司兽者也"，"囿"是天子的野生动物园，"虞"是管理的官员。"天子佐舆十乘，以明贵也"，天子的护车有十辆，用来显示他的尊贵；"贰牲而食，以优饱也"，因为随从众多，所以一定要吃掉两头牛和猪等，这是对天子的优待。"虞人翼五豝以待一发"，动物园的管理员一次要赶出五头大猪或母猪，以供天子射杀，"所以复中也"，这里不是指一箭双雕，因为"一箭双猪"不太可能，而是说如果第二头没有射到，就可以射第三头、第四头。田猎的时候，第一只动物是不能射的，理由有两个，其一，它有归顺之心，能够带领所有野兽来朝见天子，以示对天子的仰慕，这种仰慕需要予以表彰——这当然是夸张而附会的说法。最主要的是第二点，即对动物心理的考虑，第一只动物如果能安然跑过去，后面的动物就会跟随它，一只跟着一只，排成直线跑过。天子的箭法本来就不高明，所以如果射第一只，整个队伍马上就会乱掉，没法形成一路纵队往前跑，如此就毫无复中的机会。"壹发五豝"，豝一般指大猪或母猪，有人说是指两岁以上的猪，不过有些品种的猪比较早熟，当代更有些品种六个月即可成熟，所以简单译为大猪、母猪即可。"壹发"即一射，为了让皇帝射出一发，要一次性赶出五头猪。"于嗟乎驺虞"，"于"即"吁"，与"嗟""乎"都表示感叹，连续叹息了三次。台湾大学中文系教授裴普贤将其译为哎啊呀呀，可以说十分到位。总之，这是在感叹驺虞真是好官员，真是尽忠职守、为人忠厚，因为他不会让箭法不精的天子"露怯"，能够让其保住面子。有关天子的箭术，据刘向《说苑》记载，晏子死后十七年，齐景公设宴请大夫们喝酒，在宴会上"射出质"，射了一箭没能中靶，结果却"堂上唱善"，所有大臣都一起鼓掌叫好。齐景公也有自知之明，于是"作色太息，播弓矢"，丢下弓箭叹息道："从晏子过世直到今天，十七年间从来不曾有人敢说我的缺点啊！"君王的箭术之差由此可见一斑。

"彼茁者蓬"，好多茁壮的蓬草。最高的蓬草能长到一米左右，其种类繁多，在野外常能见到，尤其是大风一来，那些漫天飞舞的就是蓬草，因为它的根并不深，叶子通常又较大，所以容易被强风吹起来。"壹发五豵（zōng）"，"豵"就是小猪，有人说是一岁大的猪，我们简单译为小猪即可。为了让天子射一支箭，一次就赶出五头小猪。"于嗟乎"，哎啊呀呀，驺虞真是好官员。

国风·邶风

柏 舟

泛彼柏舟，亦泛其流。耿耿不寐，如有隐忧。
微我无酒，以敖以游。

我心匪鉴，不可以茹。亦有兄弟，不可以据。
薄言往愬，逢彼之怒。

我心匪石，不可转也。我心匪席，不可卷也。
威仪棣棣，不可选也。

忧心悄悄，愠于群小。觏闵既多，受侮不少。
静言思之，寤辟有摽。

日居月诸，胡迭而微？心之忧矣，如匪浣衣。
静言思之，不能奋飞。

《邶风》的主要诞生地在朝歌，当地人希望人们将"朝"字读作"cháo"，但大家通常喜欢将其读成"zhāo"，意思是从早上一开始就唱歌跳舞，这在当地人看来是有些偏离的。其实所谓"朝"即朝日，与对太阳的歌咏有关，这一名称可能来源于当地人对太阳神的供奉。朝歌是卫国都城，邶就位于都城北边，当然也属于卫国的领土。从地图上看，今天的河南省淇县即古时的朝歌，淇县旁边有朝歌镇，边上又有淇水，也叫淇河，然后就是浚县。卫国诗歌在季札观乐的时候就已存在，也就是说它们是旧都的歌曲，后来都城搬迁，卫国被灭以后，经过齐桓公的协助，又在濮阳复国，卫国的歌曲都是旧都的歌曲。

卫国的诗歌具有哪些特色呢？因为在地理位置上卫国位于南北交通的要冲，也就是商人都会经过的地区，属于国际性的商业都会，因此风气比较开放。与此相应，卫国国君通常也都比较昏庸，因为家里有钱，生活过得好，也就不思进取，故此，卫国往往遭到强敌入侵，当地老百姓因而比较困苦。

魏源的《诗古微·桧郑答问》中就说，三河（河内、河东、河南）是天下的都会，卫都河内，郑都河南，据天下之中，商旅之所走集也——商人们常常经过。所以"商旅集则货财盛"，大商人一多，金钱也就多，金钱一多则"声色辏"，会出现声色聚集的情况。卫国受此影响，因而在诗歌中也会呈现出这种状态。

《柏舟》是一首咏怀诗，也就是用以表达内心之感怀的，因此比较长。根据《毛诗序》，《柏舟》是对"仁而不遇"的叙说，国君偏好小人，有贤才的人无法发挥才能，因而会感到苦闷。《魏风》《邶风》与《鄘风》中各有一首《柏舟》，其各自的风格存在一些差异。关于《邶风·柏舟》的作者，刘向认为是一位女性，即卫宣公的夫人，朱熹也认为是由妇女所作，不少学者也都认同这样的观点。实际上，如果进行逐字细读的话，我们没有办法看出《柏舟》是女性的作品。简单来说，仍应当将作者认定为仁人，也就是富有才华而自述怀才不遇的人。

"柏舟"中的"柏"指侧柏，也就是今天所说的"扁柏"或"香柏"，这种柏树具有特殊的香味。在太原，有一株可以追溯到周朝的柏树，十分有名，此外还有陕西省黄陵轩辕庙中的"黄陵古柏"，传说是轩辕黄帝所种，贾平凹还就此写过一篇叫《黄陵柏》的文章，很受欢迎。

"泛彼柏舟，亦泛其流"，这两句解释起来十分麻烦。先来看《毛传》的观点，"泛，流貌"，"流"又是什么意思呢？《毛传》接下来又说柏木很适合造船，它"泛泛其流"，"泛泛"在这里是漂浮、漂荡的意思，说柏木船顺着水流漂荡；"不以济度"，没有好好发挥柏木船该有的运输功能，以此比拟仁人的"不见用"，即有才能却没有地方施展。

由《说文解字》可见，古文中的"流"字两边都是水，我们今天所用的简化的"流"字由小篆演变而成，它只有一边有三点水。许慎将古文的"流"解释成"水行也，从沝、㐬"，又说"㐬，突忽也"。段玉裁注认为，"㐬之本义谓不顺忽出也，引申为突忽，故流从之"。简化的"流"字是对"小孩头朝下"的象形，从子，《易经》中有一种说法叫"突如其来如"，古文的"子"就写成"㐬"，也就是《易经》的"突"字。宋初的徐锴认为，"流"并不是"不顺"的意思，而是"速疾"的意思，指很快。他认为，"疏"与"流"两个字都是古文的"子"，意思就是疏通、流行，没有不顺的意思，所以对于《毛传》中的"流"当取其速度很快之意。又有学者指出，"流当以生子忽出为义，许训不顺，疑非"，也认为《说文解字》的分析存在问题，因为小孩头朝下实际上是顺产时的情形，如果是手脚先出来则属于难产，十分危险，还有学者也提出，"流"字"皆取忽出，无不顺义"。总之，学者一般认为"流"字当取迅速义。

"泛彼柏舟",《说文解字》认为"泛"是漂浮、漂荡的意思,这样翻译出来是抓不到重点的。据《毛传》,"泛"即"流",有速疾之意,所以应当是航行迅速的意思,这是在描述柏舟的特性。"彼"在这里是指示形容词,因为后面接的是名词柏舟。指示形容词既可以是单数,也可以是复数,做单数时翻译成那,做复数时翻译成那些,此处翻译为单数即可,即那或那艘,那航行迅速的柏木船。据说柏木除了具有幽香外,还防蚁,寿命很长,是上等的造船材料。

"亦泛其流","亦"有几种翻译,第一种表示加强语气;第二种做副词,翻译成也;第三种引申为重,也就是两重的意思,像《论语·学而》中有"不亦说乎",晋朝的经学家皇侃就说这里的"亦"是两重、两倍的意思,我们在此译为一再。"泛"意为漂浮、漂荡,"流"就是水流,一再随着水流漂荡着,也就是说,总是无法发挥它的功能。

"耿耿不寐,如有隐忧",许慎对"耿耿"的解释也受到了后人的质疑,这个词的意思其实并不容易弄清。传统解释都将"耿耿"理解为心里焦急、忧心焦灼,白先勇就作此解,认为"耿"原指火烧,这里是描述一个人急得就像火焰烧心那样,此外也有翻译成心中挂怀或烦躁不安的。其实按照《毛传》,"耿"从火,从耳,"耳"表示注意聆听、维持警戒,"火"表示夜间点起明亮的火把,意思就是警惕,这与郑玄注也相符合,因此"耿耿"可以翻译为"戒惧不安",因警惕、恐惧不安而无法入睡。"如有隐忧","如"即而,这是王引之的说法;"隐忧"就是深忧、很深的忧愁。

"微我无酒","微"就是非,译为并不是我没有酒。"以敖以游",这里的两个"以"可以翻译成而。"敖"相当于遨,也就是出游、浪荡、闲逛的意思,其实与"游"的意思相同,我们在翻译时需要避免重叠,可译作外出晃荡玩乐。

"我心匪鉴","匪"即非,"鉴"是镜子。《诗经》时代的镜子都是用铜做的,汉朝也有很多铜镜,有些大的铜镜直径已经达到一尺,且可看出其品质较高,炼铜技术又有了进步。我的心并不只是一面镜子。"不可以茹","茹"本来是喂食、喂马的意思,这里可以翻译成揣测或度量,我的心不能度量、无法揣测。也有人从"吃"的意思出发,将其引申为容纳的含义,所有影子都被镜子"吃掉",也就是说镜子容纳了一切影像,由此翻译为我的心不是好坏都一起容纳的,不过我们在这里简单译为不可揣测。

"亦有兄弟",这里的"亦"就是普通用法了,不是两重的,我也有兄弟。"不可以据","据"就是依靠、依赖的意思,没有办法依靠兄弟们。因为他们在长大并成家后,通常会拥有个人的立场,尤其是古代的嫡长子,他虽然掌管整个家庭,但往往并不见得是家族中最聪明的,这就会造成家庭中的不安定因素,因此没有办法依靠。

"薄言往愬","薄"是勉励、努力的意思;"言"是语助词,翻译成焉;"往愬"一般翻译为去告诉他们、向他们诉苦,不过现代语言学家王力先生认为这种翻译不太理想,应该译为陈述——的确如此,这里说的是"曾努力去向他陈述",因为无法取得嫡长子的认同,所以当弟弟的只好去向他说明,宗法社会中存在着这样的痛苦。"逢彼之怒",却碰上他大发脾气,因为见解与立场不同。

"我心匪石",我的心也不是一块石头,"不可转也",没有办法转动。"我心匪席",我的心也不是一张席子,"不可卷也",是不能卷起来的。这都是在形容他的立场很坚定,不可动摇,同时也是在意指其说法的公平性,并不像席子那样可以弯卷。"威仪棣棣","威仪"就是仪容和动作,前面已经讲过;"棣棣"指完备、熟悉,仪容和动作完备且熟练,表示具有很高的贵族素养,"威仪"指向的一定是贵族。"不可选也","选"就是计算,"不可选"也就是数不清。

"忧心悄悄"，"悄悄"是忧愁的样子，诗人内心相当忧愁。"愠于群小"，"愠"就是怒的意思。因为得罪了一群小人，所以"觏（gòu）闵既多"，"觏"就是遭遇、遇上，"闵"就是灾难、忧患的意思，我遇上的忧患或灾难已经很多，遭受的侮辱更不在少数。这是形容处境的艰辛。"静言思之"，这里的"言"等同于焉，静下心来想想。"寤辟有摽"，"寤"就是说梦话醒过来，一般指做噩梦惊醒；"辟"是用手掌拍打胸膛。半夜被噩梦惊醒，用手拍击胸部，"摽"本来是击的意思，我们在此将其翻译为噼里啪啦的拍打声。

　　"日居月诸"，这里的"居"与"诸"都是语尾助词，可以翻译为乎，相当于白话的啊。"日"代表国君，"月"代表王后，这也是古人的习俗。根据古代天文学的常识，如果国君没有德行，或是国家混乱，就会出现日食，相应的，既然月亮代表王后，出现月食时国家同样也会有灾难。"日居月诸"翻译为太阳啊，月亮啊或国君啊，王后啊。"胡迭而微"，"胡"就是为什么，"迭"就是交替、轮流的意思，"微"是指缺乏光明、昏暗不明，这里指日食、月食。这两种天象其实经常发生，每年都会发生很多次，但很多地区的人无法看到，因为这些现象只有在日食带或月食带的小范围内才可观测到。怎么会轮流昏暗不明呢？这是在质疑政治为什么不够清明。

　　"心之忧矣"，"忧"是忧郁、忧闷，内心的忧郁"如匪浣衣"，"匪"就是非，"浣"指清洗、洗涤，如同没有清洗的衣服，我们在翻译时最好再加上"穿着"，就好像穿着没有清洗过的衣服一般。

　　"静言思之"，"静"就是静下心来、安静；"言"是语助词，相当于焉，翻译成而，静下心来想一想。"不能奋飞"，"奋"就是振动翅膀，"奋飞"就是展翅高飞，只恨不能像鸟一样，翅膀一拍就远离这个龌龊的环境。这是对环境不如意的埋怨，因为当年的宗法社会讲究血统，只要体内流着相同的血液，就是同一族，到哪里都无法改变，而且在那个年代，同一族会被连坐，如果宗族中的嫡长子有罪，整个宗族都会被连坐。更何况有些嫡长子从小被溺爱，不够英明，无法妥善地带领整个宗族，如果还听不进贤能之人的劝告，就会更加糟糕，难怪有些有才华的人内心会特别苦闷了。这是在描述宗法社会中的一种生存困境，根本无从摆脱，庄子对此也曾强调："子之爱亲，命也，不可解于心；臣之事君，义也，无适而非君也，无所逃于天地之间。是之谓大戒。"

凯 风

凯风自南,吹彼棘心。
棘心夭夭,母氏劬劳。

凯风自南,吹彼棘薪。
母氏圣善,我无令人。

爰有寒泉?在浚之下。
有子七人,母氏劳苦。

睍睆黄鸟,载好其音。
有子七人,莫慰母心。

这是一首孝子表达对母亲之思念的诗歌。《毛传》本来说此诗意在赞美孝子，可后面又补充道，有一位母亲生了七个孩子，还想改嫁，这主要是针对卫国淫风流行的问题，恐怕是后来的说法，与整首诗几乎无关。郑玄非常强调卫国诗中体现出的淫风，朱熹也持同样看法，这样解释是失之偏颇的。简单来说，这首诗就是孝子歌颂母爱的诗篇，自古以来就很有名，比如汉明帝的母亲，也就是刘秀的皇后阴丽华去世了，他就把母亲当年所穿的一些日常衣服打包进一个箱子，然后送给他的弟弟。因为知道弟弟年纪小，对母亲非常思念，所以汉明帝希望以此来抚慰"凯风寒泉之思"。连东汉初期的皇帝都引用这首诗来表达对母亲的怀念，可见它在早些时候没有说母亲淫荡的意思。古诗中还有《长歌行》，也是讲游子怀念母亲的，其中也提到"凯风吹长棘"，同样可以佐证凯风在早期完全被认为是积极的，根本不涉及淫风。

所谓"凯风"是风的一种，古代早期产生了所谓东西南北"四方风"的说法，在商朝武丁时期的甲骨刻辞中就有了，"东方曰析，凤曰协"，这里之所以用"凤"字来指代风，是因为风虚无缥缈，很难特别为其创造一个字。凤与风之间存在密切的关系，凤的尾巴很大，在飞翔时只能逆风而行，不能顺风，否则羽毛被风一吹，就会往前翻起，使得皮肤非常不舒服。凤鸟飞行的方向正好与所有鸟都相反，这就造成了所谓"百鸟朝凤"的现象，凤往前飞，所有鸟都向它迎面飞来。总而言之，正因为凤与风之间存在这样的关系，所以才能用前者来指代后者。"协"就是用三把锄头耕田，引申为协作，早期的耕种就是这样。

"南方曰因，凤曰凯"，其中"因"字的释读不敢保证是正确的，不过学者们一般都将后面那个字认作"凯"，因为《诗经》将夏天的风、南方的风称为"凯风"。从1941年开始，很多专家都对刻辞中的这个字做出了不同的推测，可能成立的释读包括"微""凯""粦""彝"等，一直到1996年依然没有定论。总之，仅从字形出发是很难分析的，专家们于是参照《诗经》的说法，将其读为"凯"，但凯风是周人的称呼，商朝时究竟是否也称为凯风是很难确认的。总之，自商朝以来就有了四方风的观念，而且它又对应春分、秋分、夏至、冬至这四个神。风向随季节的变化在中国大陆上很容易感知，比如《关雎》所描绘的就是春分的景象，所有的鱼鹰都回到出生地来过活，开始鸣叫，于是有了"关关雎鸠"，春天的季风在黄河流域十分明显，所以古人到了这个季节就会举行祭祀，甚至要杀牛杀羊等，以此来除灾求福。

"凯风自南"，"凯风"就是夏天的风，有一点暖和，有时又叫"熏风"。我们在此将"凯风"翻译为和煦的、从南方吹来的微风，"和煦"一词就有暖和、温暖的含义。"吹彼棘心"，"彼"可以简单译为着，吹着棘心。"棘"就是酸枣树，这种植物与枣不太一样，一般是长不高的，凡枣树比较高的通常无法并排，棘则比较矮，所以能并排种植。"心"就是花蕊或植物的苗尖，一般是小灌木或小乔木所拥有的。古人十分注重植物的这一部位，如《毛传》所讲，这种"赤心"在古代往往用在吉礼上，也就是各种吉祥的典礼上，比如祭祀等。不同植物心的颜色略有不同，比如黄花梨树的心，有人说是粉红色，有人说是砖红色，还有人说是橘红色，事实上，它的颜色会随着时间发生变化，只能说在某一段时间内存在相似性，所以人们的说法会有不同。一般的植物图鉴将酸枣的心说成赤红色、肉红色或红褐色，其实这种植物与黄花梨之类名贵的木料差距很大，它的心不是很明显，很难说清究竟是什么颜色，或许可以说是带有一点褐色的，也可以说是橙红色的。个别比较特殊的酸枣树可以活四千多年，这是专家们根据树的年轮推算出的结果，这种树往往会受到祭拜，成为当地的神。诗中实际上使用了比喻的手法，以"凯风"或南风比喻母亲；酸枣树长得很慢，就像有些小孩不容易长大那样，难有高大的乔木，所以用来比喻孩子。"吹彼棘心"，就是吹着酸枣树的苗尖或新长出来的叶子。

"棘心夭夭"，"夭夭"就是娇嫩美好的样子，这里是说苗尖长得娇嫩美好。"母氏劬（qú）劳"，"母氏"就是母亲，母亲"劬劳"，因操劳过度而病倒了。根据《尔雅》，"劬劳"属于"病"的一种，前面说过，在古代"病"比"疾"还要严重，属于大病。

"凯风自南"，和煦的微风从南方吹来。"吹彼棘薪"，把酸枣树吹成了"薪"，也就是木柴、柴薪。"薪"与普通木柴有差别，通常而言，需要用斧头来劈的大木柴才叫"薪"。酸枣树在微风的吹拂中长成了粗大的木柴，这是比拟母亲好不容易将儿子养大了。"母氏圣善"，"圣"就是耳朵很灵敏，简单说就是明智，"善"就是善良、有美德，母亲明智又善良，具有美德。"我无令人"，"令"即"灵"，也是善的意思，写成"灵"或者"善"都一样，我们兄弟中却没有一个好的，这是谦虚的说法，表示无法让母亲得到回报。

"爰（yuán）有寒泉"，"爰"就是"曰"，可以不译，或者译为听说。所谓"寒泉"，过去一般认为是指那种无论在冬天还是夏天水都比较冷的泉，其实这种说法是不对的。举例而言，台湾地区的苏澳冷泉，水温低于当地水体的年平均温度，在二十二摄氏度左右，这在温度高达三十几摄氏度的夏天无疑会显得十分清凉。古人有时会将要吃的水果放在里面，过一段时间后捞起，就像在冰箱里放过一样。不过在秋冬季节，它仍然保持在二十二摄氏度，这时候反而会变成温泉，冒出热气来，所以"寒泉"实际上应该翻译为冬暖夏凉的泉水。听说有一种冬暖夏凉的泉水，"在浚之下"，"浚"是河南的一个县，"下"指南方、南边，"上"则是北边。浚县西面就是淇县，东面是濮阳县，而南边一点就是滑县，这些县在《卫风》的其他诗歌中还会反复出现。至于"上"指北方，"下"指南方，这是古代的惯例。

国风·邶风

"有子七人，母氏劳苦"，数字"七"一般用来比喻多，前面刚讲过的《摽有梅》中就是如此，用"其实七兮"表示余下的青春还很漫长，这在《诗经》中还可以找到很多例子。由此出发，"有子七人"就表示生了许多后代。

"睍睆（xiàn huǎn）黄鸟"，一般学者都将这里的"黄鸟"解释成黄雀，但根据语境，应该翻译为黄鹂。黄雀的颜色与黄鹂有差别，且就声音而言，黄雀的叫声是比不上黄鹂的，后者是人们公认的动物界中春天的歌手。既然如此，黄雀为什么还会受欢迎呢？主要是因为它比较容易接近人，黄鹂就不容易，被人抓住后不容易长大，黄雀则可以养成宠物，而且它们十分听话，能接受训练，今天的人通过对黄雀进行培训，可以让它学会用嘴叼气球等技巧，所以马戏团等都训练黄雀来表演。

总之，黄鹂是应节趋时之鸟，《诗经》中只要提到节候，一般就要将"黄鸟"翻译为黄鹂，黄雀则不是随着季节的变化而出现的。一般学者之所以将"黄鸟"误作黄雀，是因为他们误以为黄鹂往往双飞，很少成群出现，而成群活动的只有黄雀而已。因此，既然《诗经》时常提到一群群的黄鸟，学者们就理所当然地将其翻译为"黄雀"了。多年前英国鸟类学家斯温侯曾经到中国台湾地区旅行，发现了许多新的植物，并将中国台湾地区的生物状况介绍到了欧洲。他在日记中曾经写到，在经过一个村子时，发现里面有着高大的竹林，而竹林中就有很多黄鹂，可见黄鹂也是会聚集成一大群出现的，不一定总是双飞。这样一来，一般学者将"黄鸟"界定成黄雀的做法也就站不住脚了。

我们重新梳理一下这几句的翻译。"在浚之下"，在浚城的南边。"有子七人"，"有"可以译为生，或者抚育、抚养等，抚养我们七个子女。"母氏劳苦"，母亲是够劳累的了。"睍睆黄鸟"，"睍睆"是对羽毛明亮耀眼的形容，具有这种特色的是黄鹂而非黄雀。"载好其音"，"载"翻译为则，"好其音"就是悦耳的歌声，黄鹂的叫声在人们听来十分悦耳。"有子七人，莫慰母心"，我们这么多子女，却没有一个取得足以抚慰母亲心灵的成就。以上都是在赞美母亲的功劳，强调子女能够回馈的实在太少，所以整首诗可以算是孝子怀念、歌颂母亲的诗歌。

匏有苦叶

匏有苦叶，济有深涉。
深则厉，浅则揭。

有瀰济盈，有鷕雉鸣。
济盈不濡轨，雉鸣求其牡。

雍雍鸣雁，旭日始旦。
士如归妻，迨冰未泮。

招招舟子，人涉卬否。
人涉卬否，卬须我友。

《毛诗》认为,《匏有苦叶》是对卫宣公夫妇的讽刺,声称两个人都很淫乱。这首诗似乎确实涉及了一些不好的风俗,朱熹也认为这是一首淫诗,但也没有证据表明它在直接讽刺诸侯夫妇,因此,本诗我们还是依据内容如实来解释,即它是一首调侃华夷通婚的东夷民歌。"匏"就是匏瓜,除了可以吃之外,等它变老、变干后还可以当作容器来舀水,古代没有塑料,人们洗澡时就是用匏来舀水的,还有一种葫芦形的匏,可以加工成艺术品,变成吉祥物。台中丰原的标志就是匏瓜,以前此地就叫"葫芦墩",它的市徽造型完全仿照匏瓜上的匏瓜星。更早的类似设计,便是山西太原出土的赵孟(史称赵简子,为"赵氏孤儿"赵武之孙,晋国六卿之一)匏壶。而赵孟铜壶更精致,壶上的盖子有一只鸟形的装饰,像鸡又像凤,名叫"天鸡",属于凤凰之类,传说它带头开口叫,人间的公鸡便群起报晓。而匏瓜星在天文学上又叫"天鸡",这个名称我们在讲"二南"时已经提到过了。所以,铜葫芦外形就像天上的匏瓜星,盖子上的鸡正是传达此一象征意义。总而言之,葫芦经过艺术家的慧心与妙手,即能具有吉祥的寓意。

"匏有苦叶","苦"即味道苦涩,这通常是叶子太老、已经过了季节所导致的,一般在夏秋季以后,叶子就已经不能食用了,因为茎已经变得比较粗糙。由于缺乏蔬菜,在春天古人往往将很多植物的嫩叶当作蔬菜,因而这里的"苦叶"表明了季节,即大约已经是八月以后了。另外,"苦"也可译为"枯",将其看作"枯"字的假借,两种翻译都可以接受。无论如何,本诗所描绘的无疑都是秋天后的景象。郑玄解释说,八月中秋以后就可以开始举行婚礼,这是因为收成之后一年即将结束,农民终于可以悠闲地安排自己的生活了。

"济有深涉","济"是济水,古代的四大河流之一,与长江、黄河与淮水齐名,源远流长,流入大海。《尚书·禹贡》说济水"三伏三见",三次现身,又三次钻到地下,郑樵说它"一见为济源",发源于济源这个地方,是从地下冒出来的,这是一见。然后"再见为荥(xíng)水",与黄河交叉后,在对岸又出现一条河流,古人就认为济水流入黄河后并未散掉,而是直接穿过黄河,又从对岸流了出来,这是二见。以今天专家们的眼光来看,这样说当然是不够科学的,济水本应是黄河的支流,只是恰好与对岸的荥水连成了一条线。第三次出现则是在山东,济水的出现导致了许多池塘的产生,最终流入渤海湾。句中的"深"就是指水很深,"涉"的本义是过河,不过用作名词时也指渡口,这里是说济水的渡口那里水变深了。古人在渡江渡河时需要考虑到河床的状况,河床如果是岩层而非烂泥,就是理想的渡河地点,反之则最好不要靠近,否则就会像陷入流沙那样陷进去。

济水渡口的水在八月变深,因为那时刚好是雨季,处于洪水期。由此看来,八月虽然有了好消息——年轻人可以开始准备结婚了,可实际上结婚也不是很轻松的事情。前往新娘的家里需要渡河,而此时的河水比平时深,渡口的水也变深了。"深则厉,浅则揭",水深的时候就"厉",也就是不脱衣服而直接过河。古人过河大概有三种情况,水很浅,还没过膝盖,这时就可以"揭",也就是把衣裳提起来走过去;如果水淹到了膝盖以上,这时候就叫"涉";而当水位继续升高,高到腰部的时候就只能直接穿衣服过河了,这时就称为"厉"。"厉"本来是腰带下垂的那一部分,后来也直接用以指代腰带。《说文解字》中则将之写作"砅",解释为"履石渡水",这是另一种情况,冬天的时候水很冷,有些地区的人就将石头放在河中,让人们踏着露出水面的石头过河。《毛传》解释说,"以衣涉水"就是"厉",又说"繇(yóu)带以上为厉",这里的"繇"就是从、自的意思,水到腰带以上时就不必脱衣了,直接穿着过河。"厉"是"大带之垂者","大带"就是大腰带,我们前面讲过,古人的腰带有两条,其中大腰带是丝做的,小腰带是皮做的,"厉"就是丝做的大腰带下垂的那一部分。水深的时候就穿着衣服过河,而"浅则揭",水浅的话就把衣服提起来走过河去。

"有㳡济盈","㳡"就是指水满了,济水满了,因为八月是洪水期。这里还要补充一点,过去的人渡河时会将葫芦挂在腰上作为辅助工具,称为"腰舟"。闻一多对前面这几句还给出一种解法,他认为"厉"指戴在腰间,又说所谓"揭"就是挑的意思,因为水比较浅,用不着葫芦,就将其挑在肩头,此说也勉强可以接受。"有鷕(yǎo)雉鸣",其中"鷕"是拟声词,用来模仿野鸡的叫声。野鸡"鷕鷕"地呼叫着,因为已经接近结婚的季节,诗人趁机运用这种声音,来戏仿青年男女间的求偶。"济盈不濡轨",济水满了,但还没有沾湿车轨,"轨"就是车轴头。按照周制,马车距离地面三尺三寸。根据《毛传》的说法,"由辀以上为轨","辀"是靠车厢底下的一根木头,垫在车轴的下方。对于"不濡轨"这句,一般的解释是水深本来必定会沾湿车轨,诗中说的实际上是不自知。清朝学者有一种奇怪的读法,将"不"当作虚词处理,"不濡"从而就变成了"濡",像语言文字学家裴学海的《古书虚字集释》就把"不"解释成"则",也就是辄(常常)的意思,我们在此将其简单翻译为不会、没有,由下文可见,这实际上是一个疑问句。

"雉鸣求其牡","牡"即雄,与此相应,在鸣叫的应该就是雌性野鸡,雌性野鸡呼叫着寻找伴侣。这两句构成了这个意思,济水已经沾湿了车轴头,但因为雌性野鸡急着呼叫伴侣,忽略了这一点,以为济水还没有沾湿车轴头。这也是在告诫人们,寻找伴侣时要理智。野鸡一般在什么季节鸣叫呢?诗人王维的《渭川田家》中写道:"雉雊(gòu)麦苗秀。"根据《礼记·月令》的记载,季冬之月"雁北乡,鹊始巢,雉雊鸡乳",鸿雁开始回归北方的家乡,喜鹊开始筑巢,野

国风·邶风 | 173

鸡也开始呼叫着找伴侣。孔颖达称"雁北乡"有早、晚两种情形，晚些时候的话就是季冬，即农历十二月，到那时才往北飞。这是因为鸿雁也分成两批，父母是前一批，小鸟是后一批，原因是小鸟孵出来后虽然会慢慢独立，但体力还不够。较早一批回归的时间是农历二月，也就是春节前后。总之，秋冬之际雌雉是不会求偶的。

"雍雍鸣雁"，"雍雍"也是拟声词，雁群"雍雍"地叫着，大雁是候鸟，跟随太阳而行动，就好像妇人从夫那样，所以用来烘托婚礼。"旭日始旦"，"旭日"是早晨的太阳，有一点温暖，又不会太刺眼；太阳升出地平线即为"旦"，"始旦"也就是刚刚升出地平线。"士如归妻"，这里的"归"当读作"馈"，即赠送，秋天可以开始办理迎亲的手续了，共有六道手续，叫作"六礼"。为什么如此繁杂呢？目的主要在于消除男女双方的隔阂。古代的男女双方在婚前互不熟悉，很多观念都要沟通，因此媒人至少要来来回回跑六趟。这在某种意义上也是对耕种过程的模仿，我们知道麻是最难种的作物之一，它的种子很小，发芽时力量十分微弱，小到无法与杂草争夺泥土中的养分，而杂草生长得比麻苗壮很多。因此，人类在栽麻之前必须把田地上所有的杂草都除去，这时要纵向耕三次田，横向耕三次田，总共六次，才可以把杂草全部清除，婚礼也正是希望通过六道手续完全消除男女之间的隔阂。其中，前面五种礼都要用到雁，只有在最后下聘金的时候才换成钱币，因此，前五科都在"旦"，也就是大清早进行，而最后的婚礼则在黄昏举办。此外，雁是候鸟，秋分南飞，春分北归，所以在没有雁的时候也可以用鹅代替。

郑玄认为，所谓"归妻"指"使之来归于己"，即迎娶新婚妻子。孔颖达说，"日用昕者，君子行礼贵其始"，在旭日初升的大清早行礼，只有迎亲时才在黄昏。可是，有些家庭之间的距离比较远，比较近的还能实现当晚迎亲、当晚娶回，太远的话就在黄昏时到达新娘家中并举行仪式,隔天的大清早再将新娘接回。假若抵达新郎家时天色尚早,则迎亲队伍还要再等到黄昏才能进入新郎家中。按照《仪礼·士昏礼》的说法,新郎一方要扛着很粗的大蜡烛去新娘家,这种蜡烛通常以麻茎蘸油点燃,用布捆着。此外,"士如归妻"中的"如"是往的意思,指前往、前去迎接新娘。

"迨冰未泮(pàn)","迨"就是趁着,"泮"是"判"的假借字,也就是分的意思,要趁着冰雪还没有融化的时候前往。大概农历一月中旬以后,冰雪就开始融化,因为阳气已经开始慢慢升起,这时也接近了春耕的时节。对农业社会而言,耕种是最重要的事情,所以结婚不能影响到耕种。周代的婚礼通常在秋冬季节举办,像《荀子·大略》就有"霜降逆女"的说法,降霜的季节就可以开始迎亲了。与此相对,"冰泮杀止",冰雪融化以后就要停止。我们还可以参考《左传》中有关迎亲的记录,比如襄公二十二年十二月,郑国的游贩遇到了迎亲的队伍,这大致相当于农历十月,已经是秋天,符合古人迎亲的习惯。再如昭公十九年,在描述伍子胥过昭关的事件时,《左传》提到楚国国君从秦国迎娶了一个公主,而公主来到楚国的时间同样是正月,可见正常状态下《诗经》时代的婚礼大概都是在秋冬季节举行的。对一般人而言,等到秋冬季节耕种停止后便可立即结婚;而对大夫以上等级的贵族而言,都要等到春天才能结婚,因为秋冬时迎亲,迎亲后还要试婚三个月,所以直到春天才能正式举行婚礼。

"招招舟子","招招"就是招呼,"舟子"就是船家、船夫,这是说船家一再招呼顾客,或者说一再向顾客招手。"人涉卬(áng)否","涉"就是指搭船过河,"卬"假借为"姎",在这里相当于第一人称的我,古代女生的自称通常与男生不同,日文里至今还存在这种区别。总之,"姎"即妇人之称我。"卬须我友","须"是等待的意思,与《易经》中的"需"相同,后者有"需于郊",即在郊外等待。"友"

就是同志，这是古人的说法，用在男女之间时一般指未婚夫。"人涉卬否，卬须我友"，人家都过河了，我却没有，我在等待我的未婚夫前来迎娶。

整首诗描述华夷通婚，而且夷族少女急着要出嫁，这是东夷古老的民歌。

谷 风

习习谷风，以阴以雨。黾勉同心，不宜有怒。
采葑采菲，无以下体？德音莫违，及尔同死。

行道迟迟，中心有违。不远伊迩，薄送我畿。
谁谓荼苦？其甘如荠。宴尔新昏，如兄如弟。

泾以渭浊，湜湜其沚。宴尔新昏，不我屑以。
毋逝我梁，毋发我笱。我躬不阅，遑恤我后！

就其深矣，方之舟之。就其浅矣，泳之游之。
何有何亡，黾勉求之。凡民有丧，匍匐救之。

不我能慉，反以我为仇。既阻我德，贾用不售。
昔育恐育鞠，及尔颠覆。既生既育，比予于毒。

我有旨蓄，亦以御冬。宴尔新昏，以我御穷。
有洸有溃，既诒我肄。不念昔者，伊余来塈。

《谷风》这首诗很长，《毛诗》认为它旨在讽刺夫妇失道，其实这是一首弃妇诗，弃妇在申诉自己遇人不淑的经历，这是自古以来就有的家庭悲剧。一般将"谷风"解释为山谷里的风或者大风，这类翻译是错误的。气象学家在研究古籍时引用了《性理会通》里明朝人的说法，指出所谓"谷风"应该是指东风，即春天所刮的风，东风一起，说明气旋风暴已经来临，这会造成阴雨天气。

"习习谷风"，"习习"表示和缓、舒展的样子，"习习谷风"就是连绵不断的东风。"以阴以雨"，"以"是使的意思，"以阴以雨"就是阴天使下雨，这是种双关的用法，暗指男女合欢之事，比如宋玉的《高唐赋》里也提到"旦为朝云，暮为行雨"，他是在描述神女峰，其天然的形状与此情景相近。"以阴以雨"就是使乌云蔽天，使下起雨来，这是因为东北季风自身会带来很多水汽。

"黾（mǐn）勉同心"，"黾勉"就是努力、勉励，夫妻应该多多勉励，结成一条心。"不宜有怒"，不应该随便生气、随便向对方发怒。

"采葑采菲"，"采"即采集，"葑"与"菲"是萝卜一类的蔬菜，其中"葑"一般认为指芜菁，或曰蔓菁，俗名"大头菜"，与排骨一起炖汤味道非常好。"菲"又叫"莱菔"，即今所谓萝卜，有白色、红色、绿色等很多品种。"采葑采菲"是在比喻男女关系就像采萝卜。"无以下体"，"以"就是用，"无以"即指不用，"下体"指泥土下的根茎，这是萝卜类根茎植物的主要食用部分，这里显然也属双关：以叶比喻色，春天才能食用，秋天变老就"吃不动"了；以根茎比喻德，根茎在冬天食用，比喻以此度过老年的时光。"无以下体"可以译为：难道不是连根茎都一起吃掉吗？

"德音莫违"，"德音"就是金玉良言、美言善言，千万不要违背这些美言善言；"及尔同死"，"及"就是和，会和你在同一天死去，也就是白头偕老的意思。

"行道迟迟","行道"就是走在路上,"迟迟"就是迟缓徘徊的样子,走起路来非常缓慢,或者说不自禁地徘徊起来,理由就是"中心有违","中心"即心中,因为心中有"违",《毛传》将"违"解释成忧,还有解释成违背的,我们简单译作不甘心、不情愿即可。妻子辛苦了一辈子,帮丈夫管理财产、料理家务,结果对方却借故她不能生育,将她休掉了,女方实在不甘心。

"不远伊迩",这是讲丈夫在送别时没有走很远,没有远送,"伊"就是"维",意是,即使你不愿意远送,也应该稍微走一段路,因为夫妻总是有缘,虽然分道扬镳,也该稍微送一小段路,"迩"就是近的意思。"薄送我畿","薄"就是勉强,"畿"指门槛,你只是勉强地把我送到门槛处,连脚都没有跨出来,非常绝情。

"谁谓荼苦"谁说荼菜很苦呢?"其甘如荠",对我而言甘美得好像荠菜一样。据说荠菜刚刚入口时味道不是很好,但回味很甘美,香味十分浓郁,属于时鲜,是难得的佳品。荼菜直接吃起来一般颇为苦涩,不过据说如果是老根重新长出来的,并且拿来生吃,味道也颇美妙。

"宴尔新昏","宴"就是乐的意思,欢乐地庆祝你的新婚。"如兄如弟",亲密得好像兄弟一般——结婚可以产生新的兄弟关系,根据《尔雅·释亲》:"母与妻之党为兄弟。"又云:"妇之党为婚兄弟。"表明夫妇与彼此的兄弟之间,也互相称呼为兄弟。

学者在解释下一句"泾以渭浊"时产生了分歧。"以"仍译作使。根据郑玄的说法,泾水是清的,渭水是浊的,二者一接近,就显得后者十分混浊。可按照朱熹的讲法,泾水是浊的,渭水才是清的,他的依据是文学家潘岳,即潘安入关中时所写的《西征赋》,其中有一句"清渭浊泾",正好与郑玄所说的相反。通常而言,两条河流一旦接触,清与浊必然会划分得很清楚,比如长江与汉水。乾隆皇帝小时候,按

国风·邶风

照祖宗的规矩需要学习《诗经》，当读到"泾以渭浊"时，他就问老师究竟哪一条河是清的，老师坦白地回答"不知道"，因为两个大学者的意见正好相反。因此，乾隆皇帝后来就命陕西巡抚率领重要官员前去巡视，弄明白究竟是泾水清还是渭水清。巡抚分别从泾水及渭水的源头一路考察下来，最后写成一本奏折，报告说泾水的河床由石子构成，渭水则是泥沙，所以渭浊泾清，现代人的调查结果与此一致。由此就产生了一个问题，既然泾水是清的，为何潘岳却说泾水是浊的呢？根据《汉书》记载，汉朝人在泾水旁设置了很多家庭工厂。因为泾水比较温和，不会经常泛滥，渭水则比较容易发水，所以家庭工厂选择利用泾水，在旁边挖出了水沟，让新的水进入工厂，同时将废水排出，可见潘岳时代泾水的混浊，有可能是污染导致的。

"泾以渭浊"，泾水使渭水显得混浊。"湜湜其沚"，"湜湜"指水很清澈；"沚"就是小沙洲，其实小沙洲也是清澈见底的啊，渭水小沙洲附近的水其实同样清澈。

"宴尔新昏，不我屑以"，欢乐地庆祝你的新婚，"不我屑以"是倒装句式，即"不以我屑"，"屑"即"洁"，"不屑"就是肮脏、不清洁，不认为我是洁白可爱的，此处的倒装同样是为了押韵。

"毋逝我梁"，"毋"就是不要，不要前往我的"梁"，这里指的是鱼梁。鱼梁是一种在河水中修筑的土堤，或是用网与木桩在浅水处架设的捕鱼栅栏。在靠近河流入口的地方，人们先设置木桩，再搭上渔网之类，这样就可以趁着鱼来回游时把它们捕捉起来。有时也会用泥土来建造，可以同水坝连在一起，并在旁边留下开口，以便鱼类进出，总之是一种抓鱼的设施。"毋发我笱（gǒu）"，"毋"仍指不要，"发"即打开。"笱"是捕鱼的竹篓，一头放在水里，让鱼钻进去，鱼进入后则被关在竹篓里，这句话翻译为也不要打开我的捕鱼篓。

"我躬不阅"，"躬"是亲自、本身，指本人；毛公将"阅"解释为容纳、接受，不过这种解释在先秦典籍中找不到证据，所以有人也将其解为悦，这种解释是可以找到证据的，我们认为两种翻译皆可通，即"我本人都不被接受"与"我本人都不被喜爱"。"遑恤我后"，"遑"的意思是哪里、怎能，"恤"即忧，指担心、担忧，因为被赶走以后财产都变成了丈夫的，所以弃妇感到十分担忧。

"就其深矣"，这里"就"是假设的意思，可以翻译为假如、设若、即使等，这是在比拟妻子对家务的管理，所谓"家家有本难念的经"，有些事务处理起来非常复杂，就像深水一样，一旦处理不好就会引发问题。假若遇上水很深的时候，"方之舟之"，"方"即并船，译为并船过去或划船渡过，"舟"指小船。

"就其浅矣"，遇上水浅的时候，就"泳之游之"。"泳"与"游"的区别在于，前者是潜水，将头埋在水下不抬起来，后者则是浮行，浮出水面而游动。

"何有何亡，黾勉求之"，哪些已经有了，哪些还没有，需要设法去努力追求。

"凡民有丧"，"民"即老百姓，作为贵族的丈夫需要向百姓征税，有几百户人家由他统治；"丧"就是祸乱、灾难的意思，也可以直接翻译为丧事。但凡人民有了灾难，就"匍匐救之"，"匍匐"是贴地爬行，比喻尽力奔走，或者再加上"救助"，我都尽力奔走救助，因为如果百姓的生活稳定，对丈夫家也可谓好处多多，百姓对贵族而言意味着财产。

"不我能慉"，这是以倒装句的形式强调了"我"，实际上就是"不能我慉"，这种现象在英文中经常可以见到。"慉"可以解释成爱或养，比如《孟子》中就有引申为"爱"的例子，而如果取"养"义，则可翻译成照顾，不能好好地照顾我。"反以我为仇"，反而把我当成仇敌、仇人，夫妻相处了几十年，到老反而变成了仇人。

"既阻我德","既"可以翻译成"已经"或"全部","阻"就是阻碍、拒绝,已经拒绝了我的美德。"贾用不售","贾"就是买卖,也可以解释为货物,就像货物卖不出去那样。

"昔育恐育鞫(jū)",其中第一个"育"字应为汉朝隶定时弄错的字,实为"胄";第二个"育"即生长、生育等一般性的意思,也就是变老了;"鞫"就是穷苦。整句翻译为以前想法幼稚,担心老的时候穷苦,就趁着年轻拼命赚钱打拼。言下之意自然是没想到有了钱,丈夫就变心了。关于第一个"育"字,古文《尚书·舜典》中有一句"教胄子",汉朝人将其转写为隶书,就把"胄"改成了今文的"育",幸而司马迁的《史记》中仍保留了古文写法,由此可知本诗中的情形应当与之相类似。"及尔颠覆","及"就是和、与,"颠覆"是形容生活的困顿、艰苦与不如意,与你一同吃苦。

"既生既育",一般人在翻译这句时想得太简单了,一看到是女性,就将"生"译为生小孩,其实译为生计或产业比较好。拼命赚钱以后,家里变得富有,生活有所改善,却"既育",人也已经老了。"比予于毒","比"的本义为比较,引申为"视",即看的意思;"于"即"如","毒"指毒物、毒虫。

"我有旨蓄",我准备了美味可口的干菜、干粮,比如腊肉、腌菜等。这在北方常能见到,这是因为当时北方一下雪就没有蔬菜,所以才会在秋末冬初准备这些东西,以便度过寒冬。

"宴尔新昏",你欢乐地庆祝你的新婚,"以我御穷",让我来对付贫穷,把我当成赚钱的工具,毫无人性。

"有洸(guāng)有溃","洸""溃"两个字都与水有关,"洸"本来指水汹涌地冒出来,引申为威武;"溃"是假借字,应该解释成"愦",指混乱、纷乱、暴乱等,这里是在描述家庭暴力,丈夫大发雷霆,还实施家暴。"既诒我肄","既"是全部、完全,"诒"就是留、送的意思,"肆"是苦差事,完全把苦差事丢给我,寡廉鲜耻,性格发生了很大的变化。

最后两句,"不念昔者","不念"就是没有想到,"昔"就是以前、当初,指新婚蜜月期间,你完全不去回想当初结婚的时候。"伊余来塈(jì)","伊"的意思是唯有、独一无二;"余"就是我;《诗经》中的大部分"来"都可以解释成语助词是;"塈"就是休息,古文中写作"呬",方言中也是一样,你老是要我多休息。刚结婚的时候,新娘至少会有几天不用下厨或是劳作。

古人对待女性比较刻薄,有所谓"七出"之说,也就是休妻的七个理由,其中包括没生出男孩。不过与此相对,也有所谓"三不出",其一是"有所娶无所归",结婚时她的父母还在,想要将她休掉时父母却已不在,这时就不能休妻,因为妻子无家可归。其二,"与更三年丧",如果陪着男方为父母办了丧事,并守孝三年,那也不可以将妻子休掉,因为妻子有孝心。其三,"前贫贱后富贵",当初结婚时家中一贫如洗,可自从娶了妻子后家里越来越富有,说明妻子十分能干,所以不可以将其休掉。这三点即为古人的"三不去"或"三不出"。

静 女

静女其姝，俟我于城隅。
爱而不见，搔首踟蹰。

静女其娈，贻我彤管。
彤管有炜，说怿女美。

自牧归荑，洵美且异。
匪女之为美，美人之贻。

《毛传》认为《静女》是讽刺王后缺乏美德，欧阳修简单指出这是情诗，朱熹则认为这是"淫奔之诗"。简单来说，这是一首描述男女约会的情诗，不一定是指年轻人，也可以指上了年纪的。

"静"字一般解释为安静、文静等，它本来就是安的意思，不过这在古代一般具有"安邦定国"的含义，如果仅仅解释为安静，则有些偏狭。《说文解字》将其解释为"彩"，与一般的安静不同，也就是说，就其本义而言，"静"大概就是指打扮华丽。第三种解释则认为"静"指贞洁、不轻佻，大概只有《毛传》是这么说的，我们无须迁就它，因为缺乏其他证据，所以这里简单翻译成文静、安静或打扮华丽即可。"静女其姝"，"姝"即美丽、美好，"其"译为之、如此，打扮华丽的女孩如此美好。"俟我于城隅"，"俟"的意思是等待。对于"城隅"则有各种说法，有人说指城墙上的角落；有人说是城墙上的角楼，比如故宫角楼，这是专门在城角上建造的，主要功能是监视，以防有人越墙；还有人认为是指城墙下的偏僻角落。考虑到这三个地方都可以用来约会，我们认为这三种翻译都可通，实际上还可以再加上城阙这种可能性，即城门两边的望楼。

"爱而不见"，"爱"是假借字，本字可以写成"薆"或者"僾"，指藏起来，故意躲起来不让我看到，有点玩捉迷藏的意思。"搔首踟蹰"，"搔首"表示烦恼，让我抓耳挠腮，不知道怎么办才好；"踟蹰"是彷徨、流连、迟疑的样子，挠着头犹豫不决。

"静女其娈"，"娈"是美好的意思，打扮华丽的女孩非常美好悦目。"贻我彤管"，送给我朱红色的管子——人们对此说法不一，无法得出最终的结论。

根据《毛传》，王后身边有一左一右两名女性史官，左史记言，右史记事，她们要记录王后每天的言行，此外还要由女史来负责排班，因为后妃要轮流陪国君过夜，这项排班工作十分要紧，不能有丝毫差错，因为直接关涉到王位的继承，差一天就会让日程出错。而所谓"彤管"，就是女史所拿的红色毛笔管，传统上一般都认可这种说法，根据近年的考古发现，在春秋战国时期的楚国等地也都有毛笔。欧阳修则给出了另外的解释，他认为，所谓"彤管"可能是针线管或乐器，但无法确定，朱熹也说是"未详何物"，总之是促进双方情感的一种礼物。有些现代学者认为应当是涂了红漆的竹管，比如箫或者笛，也有认同是针线管的。董作宾的看法最特殊，他认为是茅草芽，但茅草芽并非红色，所以这样解释是不够妥当的。

彤管究竟有无可能是红色的笔管呢？我们看到在长沙出土的毛笔，笔管确实是竹子做的，但不是红色的。至于湖北荆门出土的毛笔，看上去虽然有几分相似，但有关博物馆在藏品真假问题上曾经出现过纰漏，现在工厂的复制工艺十分高超，难保不会是赝品。如果认为是红色的玉管，也同样不符合事实，因为周朝并没有红色的玉管，只有红色的玛瑙珠。总之，我们将其译作"送给我红色的管子"即可，不必确定其具体为何物。

"彤管有炜"，"炜"即光辉，管子红彤彤的。"说怿女美"，"说"等同于"悦"，二者为复合式的同义复词，都是喜欢的意思，好喜欢这东西的美；"女"即"汝"，在此代称彤管。

"自牧归荑"，"牧"就是野外、郊外，《毛传》将其解作田官，这种解释很特殊，没有什么人相信。汉朝的孔安国在解释《尚书·牧誓》时说，"牧"指"近郊三十里"，而《说文解字》则认为是七十里，简单来说，它指的是一个大范围，说成三十里、七十里都没有错。从野外回来，"归"读成"馈"，是赠送的意思；"荑"就是茅草芽，本义指草木刚发出的嫩芽，这里专指茅草。乡下小孩有时会拔茅草芽乃至茅草根来吃，认为十分可口，不过它只有在春天短暂的一段时间内才适合食用，错过时机就会变老。有些文人也很喜欢茅草芽，甚至将"静女"相应地解释为牧羊女,这就不太恰当了。"洵美且异","洵"是实在,实在是美味可口,而且特别。

"匪女之为美",并不是你这个东西多么美好;"美人之贻",只因是美人所送的礼物,所以才会显得美好。按照《毛传》的讲法,这是说女方在赠送礼物的同时,也传授了一些管理的学问,这在古代确实有可能,因为很多著名的国君都是靠贤淑的王后或妃子取得成功的。

这首诗在实际歌唱上还存在一些问题,它分为三段。第一段显然是男性在唱,描述心上人对自己的等待。第二段也是一样,说心上人具有姣好的容颜,还送给男方彤管。问题在于第三段。女生可能会跑那么远,一直跑到郊外去吗?古人如果要走三十里甚至七十里,就必须要过夜,古代马车的速度没有那么快,且对女方来说也不太合理。再者,女方又送了茅草芽给他,一送再送,显得男方完全没有回馈,缺少互动。其实,大家都默认所谓"美人"一定是女生,但事实上《诗经》中的"美人"一词是可以通称男女的。因此,据我推测,第三段应为女方回唱,只有前面两段是男生唱的。

新　台

新台有泚，河水弥弥。
燕婉之求，蘧篨不鲜。

新台有洒，河水浼浼。
燕婉之求，蘧篨不殄。

鱼网之设，鸿则离之。
燕婉之求，得此戚施。

《新台》是对卫宣公的讽刺。卫宣公即位后娶了父亲的一位妻子，也就是庶母，后来在帮儿子娶媳妇时，听说这位媳妇十分漂亮，就将她抢了过来，据为己有，还特意盖了一栋新楼台供她居住。类似的事情在春秋战国时期并不少见，这首诗就是对卫宣公乱伦的讽刺。

　　具体而言，卫宣公起初"烝于夷姜"，在父亲过世的那一年看上了他的一位庶母，于是把父亲留下来的庶夫人娶为王后。这种仪式在边疆民族中仍然存在，叫"收继婚"，汉朝的王昭君也是这种习俗的受害者。后来卫宣公要帮太子娶的媳妇是从齐国嫁来的齐女，他听说这位媳妇很漂亮，就将她占为己有，这种乱伦的行径会造成整个国家与社会的动荡不安，影响很大。

　　春秋晚期建成了所谓的"天下第一台"——章华台，我们可以参考它的设计，其特殊之处在于建在沼泽地带，下部由木头架起。这首诗涉及的是"新台"，台上会有宫殿，宫殿中可以吹风、乘凉，同时也可以避免风湿，因为位置较高。新台位于黄河故道边，遗址在邯郸的临漳县，这里后来还建起了有名的铜雀台。

　　诗篇一开始写到"新台有泚（cǐ）"，"泚"是假借字，正写应为玉字旁，指玉的光辉。新玉都是亮晶晶的，几乎没有什么瑕疵，非常鲜艳悦目，这就叫"泚"。新建的楼台上镶嵌着许多块玉，有些用作指示牌，比如设置在宫殿门口以说明宫殿的名称，我们在这里可以简要翻译为新建的楼台鲜艳悦目。"河水弥弥"，黄河的水满满一大片，这是描述环境非常美，用意自然是反衬人的糟糕，这是一种写作技巧。

　　"燕婉之求"，"燕"就是安，"燕婉"指安详温顺的美少年，就像西方神话里的阿多尼斯那样。新娘本来要嫁给安详温顺的美少年，也就是太子，结果却"蘧篨不鲜"。"蘧篨"（qú chú）是一种竹制品，用去掉了青皮的白皮竹子制成，它缺乏韧性，一压就会坏掉，因此用来比拟人上了年纪以后，身体没有好好保养，臃肿不堪的样子。"鲜"

原本是善好的意思，但也可以解释为夭折，因此这里有两种可能的翻译，糟老头或老不死，总之是辱骂老国君的话。

"新台有洒"，"洒"字不应读作"sǎ"，否则无法押韵，从字义出发，可读为"cuǐ"，但最好还是读作"xǐ"，这样才能与后面的"浼（měi）"与"珍（tiǎn）"，即文部与元部押韵。这里的"洒"其实是"峻"的假借字，《说文解字》解释为高峻的样子，新建的楼台雄伟而高大。"河水浼浼"，"浼浼"就是水流满到与地面齐平的样子，有时候也可以解作"浘浘（wěi wěi）"，因为声音相近。

"燕婉之求"，本来说好要嫁给安详温顺的美少年，结果却"蘧篨不珍"，嫁给了一个臃肿不堪的老人。郑玄认为"珍"指善，其实"珍"有灭、绝的意思，按照郑玄的说法，"不珍"可以翻译为老怪物，按后者则近乎老不死。

"鱼网之设"，架设了渔网，这是比拟结婚，《诗经》时代喜欢用钓鱼（捕鱼）来比喻结婚，婚姻就好像架设的渔网。"鸿则离之"，"鸿"是"苦蠪"两个字的合音，也就是癞蛤蟆，闻一多的著作对此有所说明。谁知却闯进来一只癞蛤蟆。

"燕婉之求"，说好嫁给安详温顺的美少年，却"得此戚施"，"戚施"就是不能抬头、驼背的意思，却嫁给一个驼背老头。

以上都是对这位老国君的嘲讽。

二子乘舟

二子乘舟，泛泛其景。
愿言思子，中心养养！

二子乘舟，泛泛其逝。
愿言思子，不瑕有害！

《二子乘舟》记述了卫宣公乱伦所导致的家庭大悲剧——根据《毛诗序》记载，也就是卫宣公的两位公子争先牺牲的故事，这件事在当时影响极大，所以会有人专门写诗来哀悼。两位公子之所以会有这种令人感佩的表现，主要与春秋时期的人生理想，即所谓智、仁、勇"三达德"，以及立德、立功、立言"三不朽"有关。古人非常重视对这些素养的教育，认为"太上立德"，人一生中最重要的就是立德，其次才是立功，最下等的则是立言，所以两位公子抢着牺牲一事也就成了人类品德的楷模。

　　我们来看具体的情节。按照《毛传》，卫宣公抢了太子伋（jí）的妻子，这位抢过来的妻子又为卫宣公生下了寿与朔两个儿子，于是家庭问题随之而来。这两个儿子中，老大寿很乖，而老二朔品行恶劣，想要与母亲联合起来，将原来的太子害死。卫宣公拗不过小儿子与新夫人，竟然就答应要把太子杀掉，他们设了阴谋，派太子出使齐国，让凶手在关口地带埋伏，等太子一经过就动手。但老大所受的教育十分成功，他知道弟弟专做坏事，于是就跑去向太子报信，叫他赶快逃走，可太子认为这是父亲的命令，不能回避，所以坚持牺牲。老大见太子不听劝，就偷了太子的旗帜，赶到前面去冒充太子，凶手一看到作为标志的旗帜出现，就把他杀掉了。真正的太子随后赶来，就骂凶手说，你该杀的人是我，怎么可以乱杀？凶手就把他也一并杀掉了。二人争相为对方牺牲，却都被杀掉了。这里的关键点在于，新夫人所生的老大，一直以为太子应该就是他的父亲，因为古人没有遗传学的观念，大儿子认为母亲无论与谁结婚，生下的都会是自己，所以对太子非常尊敬，就好像对待父亲一样。他认为既然父亲遇到了灾难，儿子理当出头为父亲牺牲，这是公元前701年发生的事情。

　　根据《史记》的记载，凶手辨识谋杀对象的依据是所谓"白旄"，也就是旌旗上的白色飘带，古代将领可以通过这种飘带与旗杆形成的角度来观测风向，并据此安排战阵，发挥出弓箭的威力，总之，《史记》并没有提到乘船。刘向在《新序》中则认为，两位公子是在黄河中乘船，且将《黍离》也关联到了公子们的牺牲上，这与传统的《诗经》解读完全不同，可知这一说法很可能是虚构的，令人难以采信。因此，有关两位公子在赴死的过程中有没有乘船，仍然存在疑问，不过最终的结果就是两人双双毙命，二人的坟墓保留至今。京剧里也很喜欢上演《二子乘舟》这一出戏剧，可知二人在后代受到人们的强烈推崇与尊敬。

诗的题目中既有"乘舟"二字，朱熹便将其解为"渡河如齐"，即渡过黄河到齐国去。我们大概可以断定，这首诗就是卫国人追悼两位公子的诗歌，此外还有少数学者提出了一种新观点，认为这是指卫国政治混乱，百姓生活困苦，所以二子逃亡到了国外，这首诗可能意在表达对流亡异国者的怀念。

"二子乘舟"，两位公子乘着船。"泛泛其景"，我们在讲解《柏舟》时已经说过，"泛泛"就是航行迅速的意思；两位公子乘着快船，"景"即"憬"，是远的意思，迅速去往远方。另有传统说法认为"景"即"影"，也就是背影很快消失了，意思相近。

"愿言思子"，"愿"是念的意思，"言"等于"而"，也可以不翻译，念念不忘地想着两位。"中心养养"，"中心"就是心中，"养"是假借字，有时也写作"洋"，本字为"恙"，也就是忧的意思，忧心、忧愁，也可以像朱熹一样解为忐忑不安，心中忐忑不安，一直担忧。

"二子乘舟，泛泛其逝"，"逝"就是去、去而不返，快速前进，一去不返。

"愿言思子"，念念不忘地想着两位。"不瑕有害"，后代对于毛公的解释与郑玄的也不尽相同。经文中"瑕"字本来写作"叚"，没有偏旁，郑玄为其添上"王"字旁，即为缺点之意；毛公则添上"辶"字旁，变成了远的意思，"不瑕"因而也就是不远离，二说皆可通。"有害"即有杀身之害，如果按照毛公的说法，可以翻译为：怎么不远离被杀的危险呢？而根据郑玄的解释，则应译为：品德上没有缺点，那还有什么害处呢？原来的"叚"字没有偏旁，我们后人也就无法断言孰是孰非。郑玄认为，如果是甘愿牺牲，品性上就没有缺陷，此即所谓"立德"的观念。我们还可以参考其他典籍，比如《吕氏春秋》中记载了"卫懿公有臣曰弘演"的故事，就可说明古人对"德"的高度重视，孔子也讲过"无求生以害仁，有杀身以成仁"。总之，两位公子都接受了春秋时期的教育观念，认为人生最高的理想就是立德。

国风·鄘风

柏　舟

泛彼柏舟，在彼中河。
髧彼两髦，实维我仪。之死矢靡它。
母也天只！不谅人只！

泛彼柏舟，在彼河侧。
髧彼两髦，实维我特。之死矢靡慝。
母也天只！不谅人只！

紧随《邶风》之后的是《鄘风》。商朝被灭后，朝歌地区就分成了三部分，在朝歌北边的就是邶，东边是卫，南边则是鄘。之所以要分成《邶风》《鄘风》《卫风》三卷，主要是为了提醒读者，这些诗都是卫国亡国之前的作品，而非复国以后的作品。

关于《鄘风·柏舟》这首诗，《毛传》认为是"共姜自誓"，也就是共姜对自己心迹的表白——她的父母知道其丈夫已经过世，想要她改嫁，而共姜不愿为之。不过，清朝的姚际恒指出，共姜的丈夫共伯去世时已有四十五六岁，所以共姜本人的年纪应该也很大，按道理说父母应该不会让她改嫁。但按照孔颖达的注解，如果满足"夫死，妻稚，子幼，子无大功之亲"这一系列条件，也就是妻子不到五十岁，孩子未满十五岁，又缺乏家族中的伯叔父来照顾，这时就可以考虑改嫁——当然，若不改嫁则更会得到人们的赞美。根据宋朝学者曹粹中的观点，卫国在黄河之西，齐国在黄河之东，所以如果要把共姜抢回再嫁，就一定要乘舟渡河，这是整首诗的背景。

《诗经》中有两首《柏舟》，前面所讲的《邶风·柏舟》在叙述上比较委婉，描绘了仁者的怀才不遇，风格沉郁；《鄘风·柏舟》的叙述则显得热情奔放，它描述的是女性对婚姻自主与爱情专一的追求，风格悲怆。

"泛彼柏舟"，柏木做成的船在水上的航行速度很快，它是理想的做船材料。"在彼中河"，就在黄河的水中央，这里表明父母为了让女儿改嫁，已经把豪华的船只开了过来，抵达了黄河中间，也就是两国的边界地带，这是描述危机已经开始逼近。而究竟是一艘柏木船，还是多艘呢？翻译时可以省略，因为我们并不知晓。此外，"中河"的倒装词法意在押韵，与下文中的"仪""它"等字对应。

"髧（dàn）彼两髦"，"髧"指头发下垂；"髦"是小孩的打扮，根据传统习俗，小孩于父母在世时要将头发留得很长，下垂到眉毛处，我们今天称为刘海，出土的很多商朝玉器上都可以看到这种习俗，我们在此翻译为刘海两边下垂的少年郎。"实维我仪"，他实在就是我的"仪"，"仪"与"匹"意思接近，也就是配偶、佳偶，实在就是我的配偶。"之死矢靡它"，"之"就是到，"矢"是发誓，"靡"就是无，"靡它"也就是不会变心、没有二心的意思，我发誓到死都不会变心，始终只爱这个人。

"母也天只！不谅人只"，这里"天"与"母"相对，指父亲，如杜预的《左传注解》就说女子在尚未出嫁时，父亲就是她的天，一切都要听父亲的，出嫁以后则要听丈夫的，丈夫就是她的天。春秋战国时期的妇女确实要遵从于这种教导。"也""只"都是感叹词，相当于"啊"，有些学者认为"只"字没有用作感叹词的例子，不过这样的例子在《诗经》中看起来确实存在。根据赵平安的解释，这里的"只"本来应该同样是"也"字，只是误写为"只"而已。"谅"简单说就是体谅、体察的意思。整句可翻译为，母亲啊，父亲啊，怎么不能体谅人呢？

"泛彼柏舟，在彼河侧"，航行迅速的柏木船已经抵达了黄河的岸边，说明越过了两国边界，已然靠近卫国，女子被抢回娘家的危机迫在眉睫。

"髧彼两髦"，刘海两边下垂的少年郎，"实维我特"，"特"是牡牛、种牛的意思，后来凡是种马、种猪等都可以称为"特"，这里一般将其译为夫婿或孩子的父亲，实在就是我的孩子的父亲。"之死矢靡慝（tè）"，传统上将这里的"慝"当成"邪"，但这种解释不是很理想，可以将其解为"忒"，也就是更改的意思，我发誓到死都不会改变。

"母也天只！不谅人只"，母亲啊，父亲啊，怎么不能体谅人呢？

整首诗体现了古代政治联姻的特点。再比如卫宣公过世后，王后宣姜在娘家齐国的要求下再嫁给了卫宣公上一任夫人所生的公子。据说当初男方不敢答应，而王后宣姜倒是同意，于是齐国就对这位公子施加了许多压力。于是二人结了婚，生了许多孩子，其中有个女孩会写诗，她的作品就是《载驰》。

桑 中

爰采唐矣？沬之乡矣。云谁之思？美孟姜矣。
期我乎桑中，要我乎上宫，送我乎淇之上矣。

爰采麦矣？沬之北矣。云谁之思？美孟弋矣。
期我乎桑中，要我乎上宫，送我乎淇之上矣。

爰采葑矣？沬之东矣。云谁之思？美孟庸矣。
期我乎桑中，要我乎上宫，送我乎淇之上矣。

《桑中》是一首东夷民歌，咏唱东夷药师令人羡慕的桃花运，并调侃卫国贵族淫乱之风。里面重复的句子很多，这是《诗经》的一种独特的修辞技巧，也就是所谓的"反复回环"，就像音乐的旋律一样，重复越多，主旋律就越好听。

《毛诗》认为这首诗是讲私奔的，"卫之公室"也就是卫国的王室很淫乱，所以士族中的在位者、大官员们也开始"相窃妻妾"，简单说就是描述当时官场上的婚外情。《左传》对此也有清楚的说明，"桑中之喜"就是"窃妻以逃"，这种情况在欧洲很常见，比如英国都铎王朝的亨利八世，他的轶事比起《诗经》所记载的恐怕有过之而无不及。不过我们在阅读时，实际上可以用科学的方法，也就是用性医学的观点来研究它。1972年，长沙马王堆出土了许多涉及所谓"房中术"与养生技巧的书籍，其中有些是中国最早甚至世界最早的性医学著作。其实相关的内容在《诗经》中就已存在，只是往往为人们所忽略，《桑中》就是《诗经》时代与性医学有关的诗歌。

早在周朝时期，医药学就已经十分发达。如《逸周书》记载，当时乡里要设置巫医，乡就是天子直接统治的六个单位，即"六乡"。当时巫、医不分，巫术也可医病，这里的"医"还包括兽医在内，如马医、牛医等，这些也是每个地区常设的医疗机构，因为牲畜非常重要。另外，一些药草还可以"配五味"，用于食补，并与季节相协调，比如说冬天天气冷时就要喝热汤，种种讲究相比于今天也不逊色。再如《管子》所言，把国家统治好的前提是先除"五害"，第一害就是水灾，此外还有旱灾、风灾、厉灾等，"厉"就是流行病或传染病，它在古代十分恐怖，所以要对其进行预防，古人所用的"疫苗"就是药材。最后还有虫灾，治害虫则需要用到毒药，古人使用毒药对付毒虫的技术也是十分发达的。

诗篇一开始说"爰采唐矣"，"爰"是"于""焉"两个字的合音，即在哪里、在哪儿或到哪里的意思。"采"等同于"採"。"唐",植物名,指唐蒙,有些人说是女萝,也有人说唐蒙即菟丝、菟丝子,菟丝刚发芽的时候有根,但当它蔓延到别的植物身上时根就会断掉,然后变成吸收根,插入其他植物的纤维束内,成为寄生植物,刚生出的根好像兔子的形状,所以叫"菟丝"。这种药材的药性十分奇特,具有补肾的功能,所以被用于房中术,在古代本草学中被列入上品。诗中还提到了"麦",它是麦门冬,一般人将此"麦"解释为小麦,这是错误的,因为传统中医治疗性功能障碍时,菟丝子与麦门冬这两种药物几乎总是伴随着出现,即所谓"伴生"。直到今天,有些医生也仍然使用菟丝子治疗不孕症,据说还很有效。要到哪里去采摘菟丝子呢?"沬(mèi)之乡矣",这里的"沬"有时也写作"妹""昧"等,《说文解字》中写作"坶(mù)",朝歌在商代前期叫沬邑,朝歌与卫辉之间的广大地域都叫"牧野"。"乡"指首都的郊外,百里之内叫"乡",超过百里就叫"野",乡与野都分成六个单位,这种行政编制直到春秋时期才慢慢产生变化,"县"成了乡的上级。乡的范围本来很大,甚至比一个省还大。我们知道"子产不毁乡校"的故事,当时乡里的学校至少相当于省一级,甚至可以达到国一级。朝歌的纣王宫距离卫侯的宫殿约有几百米,这主要是因为战争会造成破坏,而且新的朝代通常要避免重蹈旧朝的覆辙,所以都会隔开一段距离。一般人以为牧野是固定的地点,其实朝歌与卫辉之间的大片地区都叫牧野,武王伐纣时只是挑选了其中最有利于作战的一小片区域。"沬之乡矣",我们将它译为沬邑的郊外即可。

"云谁之思","云"传统上将其作为语气词,不必翻译,"之"相当于"是",你是在想谁呢?"美孟姜矣",就是美丽的孟姜小姐。"孟"代表由姨太太所生,如《白虎通义》所讲,嫡长的排行是"伯",姨太太所生的老大则称"孟","孟姜"这位妻子,是从姜姓国家嫁到卫

国风·鄘风 | 203

国来的正室。何以见得？古代政坛上的男性都称"氏"，"氏"是从姓分出来的，而称呼女子则用姓。西周以后，姓氏由贵族阶级专门使用，是一种高贵的象征，平民通常没有姓，更没有氏，只有当权者才拥有氏。没落的贵族会在两三代以后丢掉姓，因为没有意义。一般人则只有名字，在家乡内以名字相称，在家乡外则会加上家乡的地点，比如《左传》所记载的舟之侨——舟这个城市里叫侨的人，介之推也是一样，"介"是一个县，介之推就是介县这个地方叫推的人，再如大家比较熟悉的烛之武。因此，孟姜很明显是贵族，而且是从其他国家嫁到卫国来的。鹤壁出土的春秋早期的卫夫人鬲（lì），铭文上写道："卫文君夫人叔姜。""叔"排行老三，这可以佐证与卫国联姻的人中常常见到姜姓。"美孟姜矣"，很明显是在与别人的妻子约会。

　　"期我乎桑中"，"期"就是约会、邀约，约我到桑中这个地方。人们对于桑中存在很多说法，春秋时期一般认为在今天濮阳一带，也就是古代的昆吾国，在山东省东明县的东北边，十分偏远。郭沫若对这首诗的解释很奇怪，他认为桑中是桑林所在之地，不是濮阳的桑中，上宫就是桑林的祠堂、祠庙，"士女于此合欢"。郭沫若不认为桑中在濮阳，这是他聪明的地方。另外，当今大陆的考古界人士认为桑中应该在纣王城的北边，因为那里发现了商纣的桑园。我们在这里不能听从春秋时期的讲法，因为春秋所谓"桑间濮上之音，亡国之音也"的传说产生于卫灵公时代，当时已经晚于公元前600年，处于《诗经》时代以后，公元前600年是有证明的《诗经》时代的最下限。根据当地专家的推测，传统上所谓"桑间濮上"大概在今天山东省菏泽市的李村镇，位于东明县的东北边与黄河东边，这个地点在当时很可能是齐国的领土，所以将其解释为桑中有一点牵强，它距离朝歌毕竟太远了。朝歌其实也有很多桑园，不一定要远到濮阳那边去上演婚外情，所以我们在翻译时直接说成桑中就好，不需要管它究竟在哪里。

"要我乎上宫","要"就是邀请，邀请我到上宫去玩儿。对于"上宫"也有几种说法，汉唐的传统说法是地名，不过《通典》把它解释成商纣的鹿台。郭沫若说它是神宫，即桑林之神的庙宇。有考古界人士认为，它应该是已成废墟的纣王宫，因为改朝换代以后没有人住，就变成了男女幽会的场所，所以对于上宫究竟在哪里，我们仍然无法确定。

"送我乎淇之上矣","送"就是送别，还把我送到淇之上。"淇"即淇水，"上"指北边，传统说法称它为淇水口，在今天河南省浚县。我们来计算一下距离，按照传统讲法，从濮阳东南方的桑间直到淇水口，古人不可能在一日之内赶这么远的距离，所以中间会停下来过夜，诗中描述的应该属于一夜情，清代学者陈奂的讲法就是这样。淇水周围有很多著名的风景区，如果要前往那里，比如说前往鹤壁市，一天内绝对无法来回，直线距离已经超过了五十公里，更何况双方还要在半路上游玩，所以在朝歌附近的桑园中照样也可以发生一夜情。

"爱采麦矣"，到哪里采摘麦门冬呢？一般人把"麦"解释成小麦，但小麦是不能采的，很难徒手折断，这点与水稻类似，所以在《诗经》时代，小麦的收获一定是用割的方式。甲骨文中的"刈"也是割的意思，当时用到的工具是骨镰或一些原始的石器。汉砖上有一种"弋射图"，其中也涉及了收割的场景，上面有一组人物挑着成品——所谓成品也就是将小麦的穗子割下后绑起来，另一组则在用骨镰、石镰等工具进行收割。古代的小麦与我们今天的小麦不太一样，直到汉朝时期，小麦仍未完全驯化，都是野生种，成熟后的麦粒会掉到地上，因此古人会在它们快成熟时抢收，将麦穗绑成一束一束挑回去，而不是等到成熟了再来收获。操作的工序首先是抢收麦穗，随后再砍掉它的茎秆，与今天有一定的差别。

"沬之北矣"，到沬邑的北边采摘麦门冬。马王堆帛书《养生方》

里记载了"菟芦"与"荴冬",前者即今天的菟丝子,后者即麦门冬,有时候简写成"门冬",还可能误作"恤冬",二者都是房中术里用到的药材。海边是找不到麦门冬的,它生长在比较阴湿的、有高度的地方,这一点正好与《诗经》相合。因为朝歌的西北边是山地,东南边是平原,淇水往东南方流到平原地区后才有农田,所以从地点上来讲,将"麦"解释成麦门冬也相当合适。

"云谁之思?"你在想谁啊?"美孟弋矣",就是美丽的孟姒小姐。"弋"可以读作"姒",这个字在《诗经》时代没有定型,《公羊传》《穀梁传》中都写成"弋",《春秋》古文经中写作"姒",金文的写法则没有统一。它其实是大禹的姓,不过《诗经》时代仍有一些国家将其保留了下来,如杞国、鄫国等。西周中期的铜器卫姒簋盖上也有"姒"字,写法上有所差异,看来是姒姓的小姐嫁到了卫国当妻子。卫国王室的墓地在河南省鹤壁市的辛村西周卫国墓群,我们在讲《淇奥》时还会再次提到,那里是淇水边风景最美的一个地方。

"爰采葑矣","葑"就是芜菁,在本草中属于上品,营养丰富,可以入药,也可以当作蔬菜,它很适合用来为孕妇食补。

如果这样解释的话,这首诗涉及的就不光是约会了,甚至还生下了孩子。《诗经》时代的食补十分广泛,《小雅·六月》中就提到了鲤鱼和鳖,认为吃鲤鱼可下乳汁。再如《穆天子传》记载,为了应对徐国的叛变,造父一天之内驾马车跑了一千里,非常疲惫,所以回来后要喝天鹅的血补充营养。类似的做法还有用天鹅的血洗脚,甚至让骏马喝羊血等,《诗经》时代的食补实在是我们无法想象的。

到哪里去采芜菁呢?"沬之东矣",到沬邑的东边,也就是东南方,那里是平原地带,适合种植芜菁。

"云谁之思",你是在想谁啊?"美孟庸矣",就是美丽的孟庸小姐。庸姓是当地殷朝人的后裔。邢侯封在太行山东边出口,根据邢侯簋的铭文，天子当时把州人、重人与庸人都封给了他，"庸"字后来就写成了"鄘"。出土文物中有商代的鄘戈，可见鄘国在商朝就已经存在了。后来，因为它与商纣关系密切，最上等的贵族涉及叛乱，都被迁走了，《诗经》中的庸姓小姐可能沦落为平民，或者是投降周朝，当然，还有一种可能是被迁走后又嫁回了故乡。周初的分封割裂了很多家族，其目的就是分化商朝人的势力，因为他们人多，同姓同族就容易团结，分化的策略有助于预防反抗。只要灭国，贵族通常都会迁徙，后来楚国灭了许国、胡国等很多国家，也将其中的老百姓迁走了。总之，孟庸小姐本来是当地的贵族，至于是投降了周朝，还是后来再嫁回来的，我们则不得而知。

相　鼠

相鼠有皮，人而无仪！
人而无仪，不死何为？

相鼠有齿，人而无止！
人而无止，不死何俟？

相鼠有体，人而无礼！
人而无礼，胡不遄死？

《相鼠》主要表达了人们对贵族没有威仪的厌恶。我们今天讲"礼节"，周朝时讲的则是"威仪"，它是贵族必备的一种行为规范。凡是贵族必须要有这种素养，谈吐、仪容、动作等都包含在内，非常复杂。简单来说就是"礼容"，我们之前也讲过，贵族在仪容方面有多达三千条的规矩，大家有兴趣的话可以参考《左传》的说法。

　　诗篇一开始写道"相鼠有皮，人而无仪"，谈到老鼠的皮主要是为了和"仪"押韵，看看老鼠都有皮，"而"等于"如"，人如果没有威仪。接下来又是"人而无仪"，这属于顶针的修辞手法，也就是上句的结尾和下句的开头相同，首尾串联，所以又称为"联珠"。顶针有几种形式，首先是词的顶针或一个字的顶针，然后有词组的顶针，也就是两到四个字重复，最后则是整个句子完全重复，"人而无仪"就属于第三种，这种顶针可以产生节奏感，语气明快流畅，同时又会因一气呵成而产生某种压迫感。看看老鼠都有皮，人如果没有威仪，"不死何为"。"何为"就是"为何"，为什么不去死呢？可见当时极度重视一个人是否有"礼"。

　　"相鼠有齿"，看看老鼠都有牙齿。谈到"齿"主要是为了与"止"押韵，不过齿本身也有它的寓意。小马每年只生一颗牙齿，由此就引申出了以"齿"代表一年的习俗，看牙齿就可以知道年龄。古代皇帝的内朝上讲究年齿，朝廷与宗庙则按照官位来排列。"人而无止"，人如果没有止，"止"本来是脚的意思，金文写法体现出脚上伸出去的大拇指，用脚步来代表容止、节制的含义，简单说就是规矩。人如果举止没有规矩，那么"不死何俟"，"俟"就是等待，不死还等什么呢？

　　最后，"相鼠有体，人而无礼"，看看老鼠都有身体，人如果没有礼节，"胡不遄（chuán）死"，为什么不赶快死呢？"体"和"礼"押韵，这两个字在古代其实是相通的。提到"礼"，甚至有些动物都具有这一意识，比如海豚，它只要和人建立了友谊，就会有所回馈，将鳗鱼、鲔鱼、鱿鱼、章鱼等叼来给人吃。

载 驰

载驰载驱，归唁卫侯。
驱马悠悠，言至于漕。
大夫跋涉，我心则忧。

既不我嘉，不能旋反。
视尔不臧，我思不远。
既不我嘉，不能旋济？
视尔不臧，我思不閟。

陟彼阿丘，言采其蝱。
女子善怀，亦各有行。
许人尤之，众稚且狂。

我行其野，芃芃其麦。
控于大邦，谁因谁极？
大夫君子，无我有尤。
百尔所思，不如我所之。

传统上认为，《载驰》是许穆夫人的作品，也是世界上最早的爱国诗歌。诗歌的写作年代大约在公元前660年，年代十分清楚，希腊的女诗人萨福比她晚四十多年。有关许穆夫人的记载，可以参考《列女传》。不过《列女传》的描述与《左传》差别很大。《列女传》说许穆夫人是卫懿公的女儿，长大后有几个国家来求婚，包括小国许国、大国齐国等，许穆夫人希望能够嫁到齐国，可她的父亲不同意，这表明许穆夫人在年纪很小时就有政治方面的才华与谋略，知道结交大国对娘家会有帮助。根据《左传》的记载，这首诗的创作背景应该是长狄部落入侵卫国之后。关于许穆夫人的出身，《左传》记载，"齐人使昭伯烝于宣姜"，因为卫国的老国君死了，齐国国君就要自己的女儿宣姜再嫁一次，嫁给老国君前妻所生的儿子，宣姜同意了，大概是出于政治考量。不过，卫国公子不愿意，齐国就动用了强大的手段使二人结了婚，于是宣姜又生了许多小孩，其中就包括许穆夫人。她在狄人灭掉卫国后，就写了《载驰》一诗。《左传》的写法明显与刘向的《列女传》不同，后者是根据《鲁诗》而来，究竟孰是孰非，我们无从断定。2013年发现的唐朝上官婉儿的墓志，上面的记载与传世的历史记载完全不同，所以有时候一些历史记载也不是真实的，我们缺乏新的证据去肯定某种说法。因此，这首诗有很多种讲解与翻译的方法。

诗篇开头处写道，"载驰载驱"，两个"载"翻译成"一边……一边……"，单独解释可以理解为则。"驰"就是走马，也就是跑马的意思，催促马车快跑，字典上一般解释为"骑马"，这是不对的。"驱"指策马，即用鞭打的方式催促马匹。古代有多种马鞭，其材质有竹子、皮条等，有软有硬，后来在秦始皇陵的铜马车里还发现了一种末端像针一样的马鞭，尖锐得像锥子，可以直接刺入马的屁股，通常这种都是在最危急的时候才使用的，可以让马疯狂往前奔跑。"归唁卫侯"，"归"就是回娘家，"唁"就是慰问，赶回去慰问卫侯。卫侯有两个，一个刚死，另一个刚继位，所以是双关语。古代吊丧时要出铜钱一千，称为一吊，祭拜死者时必须带礼物去，亦可将其送给家属，"唁"的对象包括死者与生者。

"驱马悠悠"，鞭打着马却还是觉得"悠悠"，也就是道路漫长、邈远无尽。"言至于漕"，"漕"就是漕邑，卫国在东边的一个都会，据考证就在今天河南省安阳市滑县留固镇白马墙村，古时在黄河边。

"大夫跋涉"，对于"大夫"也有两种说法，一说为娘家的大夫，因为国家亡了所以赶快来通知；另一说为丈夫家的、要把她追回去的大夫，两种说法都可通。在草地上行走叫"跋"，走路一般要有道路，可作者因为赶时间而慌不择路，所以径直穿过草地。"涉"即渡水，一般而言要到渡口才能渡水，现在因为着急，于是不管有没有渡口，方便就直接过河，我们简单翻译为跋山涉水即可。"我心则忧"，我心里很忧虑、很担忧，这里有两种翻译，如果是娘家的大夫可以翻译成很担忧，如果是丈夫家的大夫则可说是很忧虑。

"既不我嘉"，"既"就是全部、完全的意思，"嘉"是赞美、赞同，全都不赞同我的做法。"不能旋反"，"旋"就等于反，两个字意思相同，表示回头，这里指回心转意或回转路程。

"视尔不臧"，"视"可以翻译成看、比较；"尔"就是你们，专指许国大夫；"臧"就是善，"不臧"就是存心不良，或者说坏心眼，与你们大家的存心不良相比。"我思不远"，"思"可以简单译为想法，也可以翻译成谋略、计谋。我的想法不是"远"，《毛传》将之解释为不远离卫国，《韩诗》则把它简单翻译成远大，方玉润等人将其解释成迂远，我们简单翻译成，我的想法不是更远大。当然也可以容许别人有不同翻译。

"既不我嘉"，你们全都不赞同我，"不能旋济"，我也不会归还，"济"相当于止，也就是半途而废，我一定要回到娘家。今天有的学者也把"济"解释成渡河回到丈夫家。

"视尔不臧",比起你们的存心不良,"我思不闷","闷"通"闭",指闭塞不通,也可以当成假借字,是谨慎的意思,所以也有不同翻译,我的计谋、我的想法不会闭塞不通,或者我的想法不是很谨慎。

以上八句都是否定句,并且一连串排下来,使用了"赋"的技巧,也包含了对比的技巧。它描述了两组人物,许国大夫是保守迂腐的,许穆夫人自己则高瞻远瞩,这种否定句的排比营造了雄健的气势,有咄咄逼人的味道。

"陟彼阿丘","陟"就是登上,"阿"有几种翻译,《毛传》说"阿"是偏高的意思,即山头偏向一边,东汉文学家刘熙《释名》中解释说就好像有人在挑担子一般,有一边比较高,也说是山头偏斜的土丘。另外,《尔雅》将其解释为高大的山岭,但也有人说这是当地的山名,几种翻译都可行,我们也可以不翻译。"言采其虻(méng)",去采集"虻",这是个假借字,是一种药草,一般认为是贝母,有点像洋葱,据说可以治疗心中的郁闷,有川贝母、新疆贝母、浙贝母等不同品种,登上阿丘去采贝母来治疗心中的郁闷。

"女子善怀","善"是会、多的意思,"怀"是想念,女子经常会思念娘家,这主要是古代的状况,因为古人的寿命很短,能活到四十岁就算高寿了。按照《汉书》《后汉书》的记载,三十几岁都能当太后了。到了明朝,男性活到三十多岁就可以在头上绑一条毛巾,每天拿着拐杖出去串门,已经算是老头子了,因此女孩子往往会想念娘家,她待在娘家的时间大概占到生命的一半以上。不过当代人的寿命相当长,活到七八十岁的也不在少数,待在娘家的时间也就相对缩短了,这是时代的变化。"亦各有行","行"就是道理,也是各有道理的。

"许人尤之","人"实际上是指大夫。"众稚且狂","众"也有两种解释,一是众人,另一种是既,可以翻译成既幼稚又狂妄。

"我行其野"，走在漕邑这个卫国临时的首都，走在祖国的原野上。"芃（péng）芃其麦"，"芃芃"就是长得很茂盛的样子，"麦"指小麦，小麦长得很茂盛。

"控于大邦"，"控"一般解释成引，因为这与拉弓射箭有关，引申为找大国来帮忙，但也有人把"控"翻译成控告，比如《韩诗》，从而将其解释成赴。古文作"赴"，即今文之"讣"，指报丧。去找大国来援助，或者是去向大国报丧，这里的大国当然是指齐国。"谁因谁极"，"因"通"姻"，谁有婚姻关系，或者可以引申为仁爱、仁心；"极"就是来到、来救难的意思，谁有婚姻关系、有仁心，谁就会来救难。

"大夫君子"，大夫和君子们，"无我有尤"，这里"有"读成"又"，意思是再一次、连续、重复，即不要再责备我了。

"百尔所思"，"百尔"是强调的用法，相当于"尔百"，你们上百种的想法或念头，"不如我所之"，"之"是代名词，指代上一句的"思"，都比不上我的计谋。

以上就是世界上最早的爱国诗歌，因为对这首诗的历史记载差异很大，所以我们也无从确定哪一种翻译比较妥当。

本诗在分章上存在差异，《毛诗》分五章，而朱熹《诗集传》分四章。《左传·文公十三年》记载，郑国子家赋《载驰》之四章，《左传·襄公十九年》记载，鲁国叔孙穆子赋《载驰》之四章，孔颖达《毛诗正义》曰："《左传》叔孙豹、郑子家赋《载驰》之四章，四犹未卒，明其五也。"可知唐朝时仍照《毛诗》分五章。

国风·卫风

淇　奥

瞻彼淇奥，绿竹猗猗。有匪君子，如切如磋，如琢如磨。
瑟兮僩兮，赫兮咺兮。有匪君子，终不可谖兮。

瞻彼淇奥，绿竹青青。有匪君子，充耳琇莹，会弁如星。
瑟兮僩兮，赫兮咺兮。有匪君子，终不可谖兮。

瞻彼淇奥，绿竹如箦。有匪君子，如金如锡，如圭如璧。
宽兮绰兮，猗重较兮。善戏谑兮，不为虐兮。

《卫风》一般反映国政的昏乱，其中妇女的表现通常比较大胆，这些都是卫国亡国前的作品。《毛传》说《淇奥》是赞美卫武公的一首诗歌，因为他辅佐平王东迁，卫国的侯爵此时晋升为公爵，所以国人就赞美他。《大学》曾经引用过这首诗，故人们对它比较熟悉。本诗特殊的地方在于赞美男性，一般不强调外表的美丽，而是歌咏德行、修养、服饰、文采、性格等，对男性的赞美比较偏向内在素养方面。

"瞻彼淇奥"，"瞻"翻译成眺望、远望、观望等都可以。"奥"字有两种写法，一般作"奥"，指幽深的地方，也可以读成"yù"，这时要写作"澳"，这是《齐诗》与《鲁诗》的读法，指水流弯曲的地方，比较符合淇水的特性。淇水在河南省淇县高村镇正好弯曲成"U"字形，转弯很大，而且景色很美，这些都是淇水附近风景优美的游乐区。"瞻彼淇奥"，就是看那淇水转弯的地方。"绿竹猗猗"，"绿"也可以读成"lù"，写作"菉"，当然，直接翻译成绿色的竹子也可以。绿竹的正式名称是菉竹，淇园菉竹是特别栽培的特殊品种的竹子，是做弓箭的上等材料，属于国防储备物资。竹子在北方不易生存，因为禁不住下雪，但这种竹子的根深入地下，所以不怕冰雪。凡是国家，总有特殊的国防武器，比如《战国策·赵策一》就记载了用围墙上的"狄蒿苦楚"与铜柱子储备武器的故事，二者平时只是普通的设施，但一旦从墙中取出竹材、熔化铜柱，就可以做成箭，这种国防武器与菉竹是差不多的。淇园菉竹被汉武帝拿去治水，就永远消失了，不过在江南还有类似的品种。根据晋朝戴凯之《竹谱》的描述，菉竹属于箭竹类，所以像《淮南子》也说乌号之弓只能搭配淇卫之箭，淇园菉竹可以制成上等的箭。"猗猗"也可以读成古音"ēē"，指美盛的样子，很美好。

"有匪君子"，"匪"是假借字，通"斐"，也就是文采的意思，有文采的君子，这里指卫武公。"如切如磋，如琢如磨"，这里连用四个明喻，"切"是处理骨头的加工方法，即切割、切断，将骨头两端不需要的地方去掉。象牙则需要锉断或锉短，"切磋"就是处理骨头、动物的角与玉石时常用的技巧，在这里比喻进德修业，"进德"就是品性的修养，"修业"是讲学业，在品性与学问上都很努力，就好像切割骨头、锉断象牙一样。接下来是"如琢如磨"，这里比喻精益求精。"琢"是处理宝玉的一种技术，玉一碰到刀子马上就会坏掉，所以对其进行加工时需要用滚轮处理上千次，超过一千次才可能有线条出现，"琢"的工艺就是为玉雕刻花纹。"磨"就是磨砺、抛光，这也是宝石加工的技术，当然，骨头、角也需要。不断地精益求精，就好像为玉雕刻纹路，又好像为宝石磨砺抛光，这里连续使用了几个比喻。玉石工业的选料、开料等有一系列工序，它是西周时期重要的手工业，工艺上要求准确精细，而且一丝不苟，难度很高，所以这首诗就用玉来比喻。连用两个以上喻体的比喻手法叫"博喻"，即从不同的角度分别解说本体，解说不同的侧面，跟随事理的深浅高下做出各种比喻，主要是用明喻，但也可以使用暗喻。这种修辞手法在欧洲也很常见，尤其多见于莎士比亚的作品中，所以又叫"莎士比亚式的比喻"。

"瑟兮僩兮"，这里"瑟"是假借字，可以读为"慎"，即谨慎、认真，当然，"瑟"字的本义是描述宝玉的横纹像琴弦一样，有条不紊，由此可以引申出矜持庄严的意思，两种翻译都可通。"僩"也是假借字，同样是对人物素养的描述，有人直接将其看作"撊"，是威猛的意思，《毛传》则将其翻译成"胸襟宽大"，两种解释都能接受。"赫兮咺兮"，"赫"就是显赫、光明的意思，我们也可以加上磊落，因为二者常常连用；"磊落"本来用于形容山很高，也可以引申为人的伟大，或者心胸的坦荡。学者一般将"咺"当作"宣"的假借字，因为所有的政令都是在天子的宣室中宣布的，由此就引申出很多含义，可以简单翻译成威仪显著。"赫兮咺兮"，即光明磊落而又威仪显著。

"有匪君子"，有文采的君子，"终不可谖（xuān）兮"，"终"就是始终，或者翻译成永远，始终让人难以"谖"，"谖"是假借字，本字是"藼"，指忘怀、忘记，始终或永远让人难以忘怀。

"瞻彼淇奥，绿竹青青"，绿色的竹子长得又青翠又茂盛。

"有匪君子，充耳琇莹"，之前讲过，"充耳"是一种装饰性的宝石，形状与今天耳机相近，可以塞在耳朵里面，平时则垂挂在冠冕或耳朵的两侧，其别名为"瑱（tiàn）"，功能不再赘述。"琇（xiù）""莹"都是宝石的意思，比玉差一点，或者可以加上修饰语，翻译为光洁如玉的宝石。"会弁（biàn）如星"，"弁"就是皮帽，通常指武将所戴的帽子，用于从事打猎之类的武事。皮帽由很多块皮拼接而成，按照规定，天子的帽子总共要有十二块皮，这代表一年有十二个月，十二块皮的夹缝中镶着宝玉，使帽子发出如星星一般的光芒。下面两句我们不重复翻译。

"瞻彼淇奥，绿竹如箦"，有人将"箦"读为"积"，也可通。"箦"本身是坐垫的意思，周天子墓中曾发现过一些腐烂的坐垫的痕迹，经专家恢复认定，有些由芦苇制成，有些则是由竹子编的。因此如将"箦"读为"积"，就与《西京赋》中的"芳草如积"相通了，后者也就是绿草如茵的意思。绿色的竹子茂密又整齐，仿佛坐垫、座席一般。

"有匪君子，如金如锡，如圭如璧"，这里表示进德修业已经达到大成的地步。据《礼记·学记》记载，古人只要努力读书九年，就可以进入"通达"，也就是大成的地步，诗中使用了明喻的修辞手法，表示境界就如同锡（也就是铜）与金等从矿石变成钟鼎那样，经过了千锤百炼，又好像圭和璧，圭与璧都是古代用于朝见天子或诸侯间相互赠送的礼品，后者由于蔺相如的事迹而格外有名。我们在翻译中可以再加上"晶莹有光泽"几个字，即又如晶莹有光泽的圭和璧一般，因为它们都曾经受过千锤百炼。

"宽兮绰兮"，"宽"指度量宽宏，"绰"指从容娴雅或曰优雅，表示仪态贤淑、庄重，这些都是贵族的素养。"猗重较兮"，"猗"就是靠着，"重较"是马车上的一种装置。当时的人通常地位越高，年纪就越大，有时候连站都站不稳，站久了更加难受，为了给尊贵的人物提供方便，马车两侧就会设置特别的凸起处，让他们可以靠在上面休息，这是只有尊贵的执政者才能享受的待遇。两个装置呈耳朵状，可以由木头、藤甚至是铜制成，这句话因而可以翻译为靠在卿士专用的重耳上。

"善戏谑兮，不为虐兮"。"戏"指开玩笑，"戏谑"就是用诙谐有趣的话开玩笑，"虐"指让人难受，也就是太过火、没有节制，"不为虐"，即不会让人觉得难受，这是指开玩笑有分寸。

硕　人

硕人其颀，衣锦褧衣。
齐侯之子，卫侯之妻，东宫之妹，邢侯之姨，谭公维私。

手如柔荑，肤如凝脂，领如蝤蛴，齿如瓠犀，螓首蛾眉。
巧笑倩兮，美目盼兮。

硕人敖敖，说于农郊。四牡有骄，朱幩镳镳，翟茀以朝。
大夫夙退，无使君劳。

河水洋洋，北流活活。施罛濊濊，鳣鲔发发，葭菼揭揭。
庶姜孽孽，庶士有朅。

《毛传》说《硕人》是一首"闵庄姜"的诗，是用来对庄姜表达哀怜的，实则不然，这是一首赞美庄姜新婚的诗歌，因为其中根本没有涉及庄姜生不出儿子之类问题。根据卫国国君与齐国国君的活动时间来推断，本诗应作于公元前750年前后。诗中提到了"东宫"，这是太子的居所，当时的齐国太子名为得臣，这个人后来没有当上国君，根据推断可能是因为早死，所以王位就由他的弟弟来继承。这首诗对女性的出身、家世、容貌、表情、身材与服装等要素做了全面的赞美，被学者们推崇为千古以来歌颂美人的始祖与绝唱。

　　所谓"硕人"指高大的人，因为营养不足，一般人的经济条件也比较差，所以古人的身高普遍较矮，身材高大因此就成为一种合乎审美的标准，"硕人"故可翻译为美人。"其颀"，"颀"是高大的意思，不过对女性来说可以稍作调整，翻译为身材高挑修长。"衣锦褧（jiǒng）衣"，"衣"就是穿，为动词，"锦"就是织锦面料的衣服，"褧衣"就是套在外面的单层外套。"褧"也常见绞丝旁"䌹"的写法，还可以写作衣字旁的"襌（dān）"，三个字所指相同，可以通用，都指衣裳相连而无衬里的单层衣，通常将其当作罩袍，以屏蔽尘土。因为锦衣洗多了很容易褪色，所以在外出长途跋涉时就要加上外套，以防沾染太多灰尘。褧衣这种外套，质地通常为麻之类，也有使用薄丝绸的，不过，在冬天天气很冷的时候，贵族还会穿用锦缝制的外套。湖南长沙出土的西汉时期的褧衣，袖子很长，将近两米，但重量很轻，还不到二两，薄如蝉翼，折起来几乎只有信封那么大。《左传》记载，当时的大夫们在行贿时，往往就会将包好的褧衣藏在袖子里，在谈话时伺机推给对方，很难被人察觉。庄姜从齐国首都出发嫁往卫国淇县，路途很远，马车要走很久，所以穿上了这样的罩衣。

　　"齐侯之子"，指齐国国君的女儿；"东宫之妹"，指齐国太子得臣的妹妹。太子的宫殿为何必须位于东方呢？根据孔颖达的注解，东方

国风·卫风 | 223

代表阳光、春天与生长，西方则是秋天，象征万物成熟。此外，早上的太阳最先照亮东方的道路，居住者因而必须早点起床。国君的宫殿则偏西，这主要是为了适应贵族的夜生活，所以国君、妃嫔要与子女分开住。古代的太子从五岁起就单独住一个宫殿，虽有一群家臣服侍，但很难享受到家庭的温暖。

"邢侯之姨"，邢国是周公的子孙受封的国家，地点在今河北省邢台，即太行山东麓出口处。太行山上居住着蛮夷之邦，一到秋冬季节就会下山"打草谷"，也就是抢人钱财，甚至是抓人当奴隶，从《诗经》时代开始就是如此。如果去读《诗经·唐风》，就可以看到住在山下的人们一到秋天就开始警戒。因为蛮夷的武力很强，所以天子特意封周公的子孙在此镇守，可惜后来也没有支撑多久。"姨"就是妻子的姐妹。"谭公维私"，所谓"谭"是夏朝子孙受封的国家，在今山东省济南市章丘区龙山街道；"私"就是姐妹的丈夫。谭国靠近齐国，主要充当齐国的助手，协助齐国对抗东方诸民族，因为这里有许多商朝遗民，时常会有混乱发生，因此派姜太公在此坐镇，又设置谭国来辅助他。谭国有一条古代的重要交通路线，从齐国去往鲁国不能走直线，而是要经过谭国再绕过来，因为直线路径上的东夷国家没有服从周朝的。前面还提到"卫侯之妻"，"妻"就是新婚夫人，"东宫之妹"就是太子的亲妹妹，表示嫡出，与"邢侯之姨""谭公维私"的句法结构大致相同。凡是列举三个以上结构相似且意义相关的词组、句子或段落，就可以算作排比，具有渲染气氛、制造声势、深化情感、深入刻画的作用，又称为铺排、铺垫、渲染、烘托等。

以下是一系列明喻。"手如柔荑"，"柔"就是柔嫩，洁白柔嫩仿佛茅草芽，茅草芽刚长出来时确实白皙而柔嫩。"肤如凝脂"，"脂"是猪油，在植物油流行之前，一般人家都是用猪油炒菜的，猪油由肥猪肉熬制，确实非常白，而且细腻，几乎看不到颗粒，皮肤就像油脂那么洁白、润滑。"领如蝤蛴（qiú qí）"，"领"就是颈下，简单说就是脖子，脖子美得白亮发光，就好像蝤蛴一样。蝤蛴就是天牛的幼虫，它刚出生时寄生在木头里，所以身体非常白，并且是透明的，皮肤会发光，云南某些地区把它当作珍贵的佳肴，专门用来招待贵宾，据说可以使人长寿。"齿如瓠（hù）犀"，牙齿好像瓠瓜的种子，这种瓜子颜色洁白、排列整齐，令人赏心悦目。不过如今的瓠瓜经过了品种改良，已经很少能看到种子了。

"蓁（qín）首蛾眉"，这是两个暗喻，没有加上"如"字。"蓁"就是蝉类，蝉的特点是额头很大很高、又宽又广，额头宽广是自古以来相书所关注的重点，也就是所谓"天庭开阔饱满"，无论对男性还是女性而言，都被认为是幸福光明的征兆，蝉的额头就正好符合这个样子。"蛾眉"有两种写法，今文写作"娥"，这时也就是形容词而不再是动物了；《毛诗》则保留了动物的写法，可以与上下文中提到的各种动物互相呼应，更加具有一致性。"蛾"是蚕蛾，蚕蛾拥有两根触须，其形状就好像美女细长而弯曲的眉毛。三家诗中的"娥"只是修长或美丽的意思，与蚕蛾没有关系，这当然可通，但在上下文的统一性方面不如《毛诗》。

"巧笑倩兮"，《毛传》将"倩"解释为"好口辅"，结合《楚辞》可知指笑的样子，后来人又解释为"靥（yè）辅"，与口辅相同，简单来说就是酒窝，一笑起来颊边露出甜甜的酒窝。上面文段中开始使用了四个"如"字句，属于明喻，仿佛工笔画，第五句使用了两个暗喻，再后面两句则是白描。按照中国现代美学家宗白华的分析，前面五句仿佛是在描述庙里的观音菩萨，可后面两句不同，让美人的形象整个都显露了出来。下一句是"美目盼兮"，指眼睛很美丽，看起人来，或者说转动起来显得黑白分明，"盼"就是分的意思。

"硕人敖敖"，根据《说文解字》的解释，"敖敖"形容身材高挑；

"敖"是"赘"的假借字，正写的含义就是又高又长，这里属于引申用法。"说于农郊"，前面讲过"说"有让马停下，将其从车子上解开，人与马一起休息的含义。新娘从齐国赶到卫国，要在"农郊"，也就是首都近郊进入专门用于招待贵宾的宾馆，在那里清洗灰尘，更换服装，以备与丈夫见面。

"四牡有骄"，指四匹拉车的公马，"骄"就是高大、健壮。"朱幩（fén）镳（biāo）镳"，"幩"就是朱红色的彩带；"镳"的本义是马镳，也就是马衔铁，两旁有洞，可以用来插入装饰物，在这里用来形容美观、华丽，因为结婚时的马车系上了许多彩带。"翟茀（dí fú）以朝"，"翟"是翟车，而"茀"是车门处竹子编的屏风，贵族女性的马车前后都有这种竹编的屏风。所谓"翟"就是野鸡、山鸡，尾巴特别长，根据《尔雅》的说法共有十四种，其实品种还要更多。王后的马车分为四种，其中两种属于翟车，一种的羽毛是重叠的，另一种的羽毛则是单层的，密密麻麻地排列在一起。"以朝"就是来朝见国君，马车上的竹制屏风都装饰着美丽的山雉羽毛，以此来朝见国君，这第一次见面是根据官礼来安排的，没有私人的成分，采用的是臣下进见国君的礼仪。

"大夫夙退"，"夙退"指早一点告退。根据公羊学家的说法，新夫人到了夫家之国，就在郊外宾馆停车休息，国君则率领大夫们前去迎接。"无使君劳"，"无"就相当于"勿"，意思是不要；"君"在这里指女君，因为要结婚，来者都是客，不要让新夫人太劳累。按照婚礼规定，国君通常不需要亲自去迎亲，因为他一旦离开国土，就很容易发生危机，所以通常由卿代表国君去迎娶，国君本人则要等到王后到达国境时才前去迎接。

"河水洋洋"，这是说黄河的水非常盛大、浩浩荡荡。"北流活活"，"活活"也可读作"guā guā"，这是模仿水流的声音，可以翻译为哗啦哗啦。黄河在历史早期还没有改道，于卫国地区直接向北流入渤海。

"施罛（gū）濊（huò）濊"，以下是在描述所嫁的丈夫非常理想，家中财力雄厚。"施"翻译为撒下，"罛"指大渔网，因为要抓的鱼非常大。撒下渔网，发出"濊濊"的声音，因为渔网要沉到水中，就必须在里面装一些有重量的东西，网越大，装的东西越重，声音也就越发响亮。"鳣鲔（zhān wěi）发（bō）发"，"鳣鲔"是非常大的鱼，其中"鳣"就是中华鲟，成鱼体长可达五米，重量超过千斤，是当今长江里的鱼王。"鲔"也不逊色，它是中华白鲟，分布于全世界的温带、热带海洋中，是淡水中最大的鱼类。"发发"是尾巴拨水、摇动时所发出的声音，因为鱼入网后必然要挣扎，于是发出"波啦啦"的声音，这里是用物产的极其丰富来表示丈夫十分理想。"葭菼（tǎn）揭揭"，"葭"是芦苇，"菼"就是荻，也是芦苇之类，二者稍有不同。"揭揭"就是高大的意思，长得高大挺秀，二者在石油时代以前都是很理想的燃料，这里用高大来形容，同样表示物产丰富。

"庶姜孽孽"，"庶"就是众多，陪嫁的人都是姜姓女子，"孽孽"指打扮华丽，有人认为是指长得高挑，也可通，不过容易与上文重复。最后说"庶士有朅（qiè）"，"庶"同样指多，"士"为男士，这里指陪嫁的媵臣，他们此后就永远成为另一个国家的人了，历史上著名的男性陪嫁者之一是虞国的五羖（gǔ）大夫百里奚，他在"唇亡齿寒"那场战争中被重耳的父亲晋献公俘虏，因为是国际知名的人才，就被晋献公当作重耳姐姐的嫁妆送给了秦穆公，百里奚感到非常羞愧，于是半路逃走，引发了后来"五张羊皮"的故事。"朅"指威武健壮，男士们个个勇武矫健。诗的末尾处之所以不说"朅朅"而用单字，是为了在音调上也营造出结束的氛围。

本诗使用了很多叠字，这种手法具有视觉与听觉的效果，可以产生立体感，使音律和谐，还能烘托气氛，营造出壮阔的氛围。当然，诸如"洋洋""活活"之类的词语都适合用来描述喜事，如果要突出悲剧性，则要使用杜甫爱用的"呜咽"之类了，这两个字无法发出洪亮高亢的声音，读起来就令人哽咽，这是音调的控制。

《诗经》歌颂新婚时有几个惯例，其一是赞美新娘美丽，其二是夸耀丈夫家中富庶，突出陪嫁人之众多与礼仪之完备，这在《硕人》中都有明显的体现。

氓

氓之蚩蚩，抱布贸丝。匪来贸丝，来即我谋。送子涉淇，至于顿丘。匪我愆期，子无良媒。将子无怒，秋以为期。

乘彼垝垣，以望复关。不见复关，泣涕涟涟。既见复关，载笑载言。尔卜尔筮，体无咎言。以尔车来，以我贿迁。

桑之未落，其叶沃若。于嗟鸠兮，无食桑葚！于嗟女兮，无与士耽！士之耽兮，犹可说也。女之耽兮，不可说也！

桑之落矣，其黄而陨。自我徂尔，三岁食贫。淇水汤汤，渐车帷裳。女也不爽，士贰其行。士也罔极，二三其德。

三岁为妇，靡室劳矣。夙兴夜寐，靡有朝矣。言既遂矣，至于暴矣。兄弟不知，咥其笑矣。静言思之，躬自悼矣。

及尔偕老，老使我怨。淇则有岸，隰则有泮。总角之宴，言笑晏晏，信誓旦旦，不思其反。反是不思，亦已焉哉！

《毛诗序》认为《氓（méng）》是对当时淫风的讽刺，朱熹也直接说这是在讲淫妇被人抛弃的事情。简单来说，这是一首描述妇人被弃的叙事诗或曰弃妇诗，也是《国风》的第二长诗，共二百四十个字，这是因为诗中大量运用了对比手法，包括男女对比、今昔对比、乐悲对比，等等。《国风》第一长诗《七月》有三百八十三个字。

所谓"氓"，一般将其解释为野人或种田人，而《孟子·滕文公上》曰："远方之人，闻君行仁政，愿受一廛（chán）而为氓。"所以，本诗其实是指从外国移民过来的新人口。春秋以后，战事频发，由战争导致的牺牲会带来极大的人口消耗，因此国家如果想迅速强大起来，最简单的办法就是从外国招收新移民。国家通常会把空地拿出来当作奖励，新移民可以享受大片土地和房屋，所以各国都采取这种政策。"氓之蚩（chī）蚩"，"蚩蚩"是笑的意思，也有人将其解释为忠厚老实，两种翻译都可接受，新来的移民看起来忠厚老实，或者待人时笑嘻嘻的。因为这些人总是希望开辟新的人际关系。"抱布贸丝"，"布"就是钞票、钱币，可见周朝已经有了货币，有人将其直接译为布匹，也勉强可通。抱着货币来向我买丝，但"匪来贸丝"，实际上并非真要买丝，而是"来即我谋"，来接近我，"谋"就是暗中算计，也就是来勾引的意思，因为移民想要创造新的机会。

"送子涉淇，至于顿丘"，与你送别，还陪着你渡过了淇水，一直到达顿丘这个地方。关于顿丘的具体位置，古今讲法有所不同，传统说法是在河南清丰县一带，王夫之认为淇水与清丰县间大概有百里的距离。而按照今天的考古发现，顿丘应该位于浚县北部、淇水南岸的蒋村，后人所说的其实是汉朝新设的顿丘县，曹操就在那里当过顿丘令。清丰与浚县相距约七十四公里，可见古代的城市从地点到名称都时常发生变化。

"匪我愆（qiān）期"，并不是我错过了佳期，错过了结婚的日期，而是"子无良媒",因为你找不到好的媒人。移民刚来到新的环境,当然不认识当地的重要官员,所以找不到好的媒人,也就不容易促成婚姻。

"将(qiāng)子无怒","将"即"请",请你不要生气;"秋以为期",我们将秋天约定为结婚的佳期。总之是男方希望方便快捷地成婚,而女方还是想有一个保障。

"乘彼垝垣(guǐ yuán)","乘"就是登上,"垝"是高的意思,一般翻译为毁坏,这是不正确的,相关证据可以在《韩非子》与《论衡》中找到。"垣"就是城墙,登上很高大的城墙。"以望复关",对于"复关"有几种解释,有人说是顿丘对面通往齐国的关口,隔着黄河眺望复关,因此这名新移民有可能来自齐国。后来流行的一种说法来自古文字学家高亨,因为传统上所说的清丰县实在太远,所以高亨就根据《墨子》将"关"解释为车厢,进而引申为马车,这样翻译有些牵强。"泣涕涟涟","涟涟"就是不停地流下来,指眼泪鼻涕不停流下。随后"既见复关",看见你从复关回来,就"载笑载言",一边笑着一边说起话来,表示女生已经陷入了恋爱中。

"尔卜尔筮","卜"就是占卜,"筮"就是算卦。古人占卜就是用火来烧龟甲,先挖一条又长又深的沟,然后在中间挖出一个外浅内深的半圆,目的是控制龟甲的裂纹。龟甲受热后裂出的形状千变万化,无从归纳分析,所以需要使其简化,以便归类,由此来判断吉凶与天意。所谓算卦,要使用蓍草,这种植物的茎秆很直,剪下来后像筷子一样,可以充当算筹,以其占卜所得的结果需要搭配《易经》来进行分析,这是它与龟壳占卜的不同之处。"体无咎言","体"就是卦体或卦象,指龟壳的裂纹或蓍草的排列组合,算卦时要将蓍草置于桌面,然后再拿一根将其分为两边,去掉一边,用另一边来进行排列组合,最后成为六根爻,以配合《易经》。"咎"就是不吉祥、不吉利,

"体无咎言"就是说卦体或卦象都没有不吉利的。古人在结婚时通常要算卦，比如男方将女方的生辰八字带回家，根据家中发生的吉凶兆头来判断是否为良配。

"以尔车来"，你就驾着马车来，"以我贿迁"，"贿"本来是财物，这里指嫁妆，把我的嫁妆都搬走。还没有定亲就将嫁妆搬走了，这主要是因为女生陷入了爱情的旋涡，所以没有等到经过完整的结婚手续、取得法律上的保护就成了亲。

"桑之未落"，桑叶还没有凋落的时候，"其叶沃若"，"沃"是丰润的意思，"若"指美，叶子柔嫩丰美，就像年轻的身体一样。"于嗟鸠兮"，"于嗟"是叹词，哎呀，斑鸠们啊，"无食桑葚"，"桑葚"就是桑果，桑树的果子，一般在春天三四月就开始成熟，深为动物所喜爱，不过也有鸟类学家称斑鸠不喜欢果实。斑鸠们啊，不要贪吃桑果。"于嗟女兮"，小姐们啊，"无与士耽"，不要沉溺在与男士的爱情里头。"士之耽兮"，男士沉溺在爱情当中，"犹可说也"，"说"在古书上与"脱"相通，指脱身，还可指摆脱，男士一走了之，女生却不一样。"女之耽兮"，女生们一旦陷入爱情当中，"不可说也"，就脱不了身了，因为可能会怀上孩子，这在古代十分常见。

"桑之落矣"，桑树要落叶的时候，"其黄而陨"，"其"就是将，将会变黄而坠落。"自我徂尔"，"徂"就是往，自从我嫁到你家，"三岁食贫"，"三"形容很多，比如《左传》中有"三折肱为良医"，手臂断了很多次，看接骨师操作得多了，自己都可以接，这里是说很多年都过着贫苦的生活。"淇水汤汤"，淇水浩浩荡荡，"渐车帷裳"，"渐"就是沾湿、浸湿，"帷裳"就是窗帘，把车子的窗帘都浸湿了。"女也不爽"，"爽"的意思是违背、错失、爽约，女方遇上这样的困难都不会爽约，仍然勇往直前，"士贰其行"，"贰"就是违背，"行"就是道理，男士却违背了做人的道理。"士也罔极"，"极"就是准则，男士做事没有一点准则，"二三其德"，女方一心一意，男士却三心二意。

"三岁为妇",多年当你家的媳妇,"靡室劳矣","靡"就是无,"室劳"指家务的操劳,这是说从不抱怨家务劳累。"夙兴夜寐","夙"指一大清早月亮还挂在天上的时候,"兴"指起床,"夜寐"指深夜才上床。"靡有朝矣","朝"就是日,从没有一天例外。"言既遂矣","言"可不翻译,"遂"可以解释为成功、达成、安定,家里已经有了钱,或者说家庭已经安定了下来。"至于暴矣",你就制造家暴。"兄弟不知",兄弟们都不知道,"咥(xì)其笑矣","咥"就是哈哈大笑,要是知道了一定会哈哈大笑,因为女子当年没有获得家里的祝福,只是自己想嫁就嫁了,所以现在兄弟们也不会帮助她。"静言思之","言"就是而,静下心来想想,"躬自悼矣","躬"指亲自,唯有自己独自悲伤。此处连用了六个"矣"字来表达后悔,一想起来就感到沉痛。

"及尔偕老",与你白头到老,"老使我怨",没想到老了反而让我埋怨。"淇则有岸",淇水都有堤岸,"隰(xí)则有泮","隰"指湿地,即低洼地区的潮湿地带,湿地都有它的"泮",也就是界线、疆界,这是说做事应该有界限。"总角之宴","总角"是小孩的打扮,把头发梳成两根角的样子,商周时期的习俗都是如此,以此表示未成年,我们可以翻译为年轻时代,年轻时代宴饮欢乐,有很多甜美快乐的回忆。"言笑晏晏","晏晏"是温柔的意思,你的声音与笑容都十分温柔。"信誓旦旦","信誓"就是靠得住的、十分悦耳的盟誓,"旦旦"简单来说就是诚恳,你曾立下十分诚恳的动人誓言。"不思其反","反"指变心,却不想想自己变了心。"反是不思",变了心自己也不想想,"亦已焉哉!"一般将"亦""焉""哉"都说成语助词,只有"已"有实义,指停止、算了,将这句话翻译为到此为止,到此也就算了,这实际上是没有关注"焉"字的用法。"焉"与"夷"在古书中互为通假,而根据《易经》,"夷"就是受伤的意思,至于"已",《孟子》中有"仲尼不为已甚"的句子,学者们自古以来都将"已"解释为太,指太过分，所以诗中的"已焉"应指太伤人，这样不是太伤害女方了吗？这样翻译可与前文中所表露出的后悔相呼应。当然，我们也可以不根据《易经》，直接将"焉"解释为蛮夷，这样不是太蛮夷作风了吗？

这首诗在叙事方面对后代产生了较大的影响。《谷风》与《氓》两首叙事诗同样是在描述弃妇，但使用了不同的叙述方式，《氓》是表现自己对沉迷爱情的后悔，以及对男人手段狠毒的怨恨，这种技巧影响了南朝的《孔雀东南飞》，后者所描述的婆媳纠纷也属于小家庭的悲剧。

伯兮

伯兮朅兮，邦之桀兮。
伯也执殳，为王前驱。

自伯之东，首如飞蓬。
岂无膏沐，谁适为容？

其雨其雨，杲杲出日。
愿言思伯，甘心首疾。

焉得谖草，言树之背。
愿言思伯，使我心痗。

《毛传》说《伯兮》旨在通过对"君子行役"的描述讽刺那个时代，也就是表达女生思念君子远征、远行甚至作战的诗歌，算是闺怨诗。这种题材在唐代很流行，比如杜甫的《新婚别》中描绘了刚结婚就要上战场的男子。陈陶的《陇西行》以"可怜无定河边骨，犹是春闺梦里人"两句而知名，这都是在描述战争对爱情的伤害。《伯兮》也旨在表现这种悲剧，不过时代不同，使用的技巧与风格也不太一样，总之可以将其看作闺怨诗的始祖。

"伯兮朅兮，邦之桀兮"，"伯"字有几种翻译，郑玄认为是君子的字，也就是"伯仲叔季"中的伯，另有说法为周朝女生称丈夫为伯。正确的解释可能是《毛传》所说的"州伯"，即一州的首长，相当于省长，大致拥有卿大夫级的爵位。"朅"是威武健壮，州伯勇武矫健。"桀"字应为"傑"，是家邦中的英杰。"伯也执殳（shū）"，州伯拿着殳，"为王前驱"，担任周天子的前锋。传统上认为"殳"是木棒或竹棒，由八根竹子绑成八角形，不带刀刃。但根据文字学家李孝定等人对甲骨文的研究，按照"殳"的字形，它应该是一种长度不到一米的大锤，而非光秃秃的。我们可以参考曾侯乙墓出土的殳，第一种是晋殳，其末端只有一个铜套子，不太会伤人，另一种殳则是在长竹竿上插上尖刺，这种武器在战场上的杀伤力恐怕也不大。晋殳的器型实际上符合传统的描述，只有铜套，杆由竹子或木头制成，呈八角形，外面缠丝，还刻着古人的诗。按照周朝的规定，殳为天子的侍卫队"虎贲"所持有，由下大夫二十人带队，并有中士十二人、虎士八百多人，可以参与战争，也可以参与天子所举行的大会，在天子休息时看守王宫的门户。另外还有所谓"旅贲"，中士二人，下士十六人、史二人、徒八人组成，其中下士通常伴随在诸侯的马车左右，每边各八人。传统上将诗中"执殳"的看作旅贲氏，这其实不太符合《诗经》的语境，因为几十个人上战场根本没有什么作用，还是理解为虎贲为宜，八百人才能拥有浩大的声势。

《韩非子》中提到，有一次楚国国君召见太子，刚好遇上大雨，路上积水，时间可能来不及，太子就想要驾着马车闯进王宫，被守卫拦了下来，守卫们"举殳而击其马"，从而"败其驾"，让马车无法再起驾。这里所用的显然不是前文中所提到的刺状武器，而应该类似于大锤，如此才能将马敲晕。

另外，考古发现有些公侯也使用殳，上面还有作战留下的裂纹，可知经历过非常激烈的战斗，因此这首诗中的"伯"很可能就是大夫级的官员。按照《周礼》的规定，周王的中士相当于卫国等小国的下大夫，那么虎贲中的下大夫在卫国就相当于上大夫或卿的职位，可见执殳的州伯在卫国的爵位不低。

"自伯之东"，自从州伯到了东方。我们很难考证这究竟是历史上的哪一场战争，郑玄认为是跟随周天子讨伐郑伯，而朱熹反驳说郑国在卫国西南边，不能说成"向东"，郑玄的辩护者又指出应该是由东门的卫国国道出发，再往南折向郑国，总之我们今天无法解决这个疑问，只能根据字面翻译为自从州伯到了东方。"首如飞蓬"，头发乱得好像飞舞的蓬草，因为爱人不在，于是就疏于打理。"岂无膏沐"，"膏""沐"都与洗发有关，其中"膏"指洗完头发后涂抹在上面而使头发发亮的油膏，"沐"则是淘米水，古人没有洗发露，在军中都是用淘米水来洗头的，比如《国语》中就有以膏沐劳军的记载。另一种可行的翻译则是将二者分开，将"膏"解释为女性擦在脸上的面膏。哪里是缺乏洗头发的米脂与油膏呢？"谁适为容"，"适"有两种解释，一种解释为"主"，就是要为谁来美容的意思，因为对象不在，另一种解释为"悦"，指喜欢，翻译为要去讨谁的欢心呢，指因为对象不在就懒得化妆。

"其雨其雨"，"其"表示祈求的语气，希望赶快下雨，这是一种双关语，我们前面提到过"雨"可以暗指男女合欢之事。"杲（gǎo）杲出日"，"杲杲"是阳光很亮的样子，偏偏出了大太阳，表示虽然希望丈夫回家，可事实与愿望相反。"愿言思伯"，"愿"就是念，"言"等于而，念念不忘地想念州伯。"甘心首疾"，"甘心"就是甘愿，"首疾"就是头痛，思念到头痛也甘愿。

"焉得谖草"，"焉"就是如何，哪里可以找得到萱草呢？传说萱草就是忘忧草，在古代一般当作观赏植物，也可食用，但今天的杂交萱草品种中有些是有毒的。此外，萱草还可以代称母亲，与代称父亲的椿树相对。"言树之背"，"背"等同于北，也就是北堂的意思，将它种在北堂下面或者说前面。可以参考周朝建筑的复原图，前面是一个大庭院，后面有两个小庭院，北边就是北堂。因为贵宾都会聚集在大厅中，所以一旦有贵宾造访，妇女就要从后门进出。《红楼梦》中的刘姥姥进大观园也是如此，后门是供妇女通行的小门，因此主妇等女性都住在北堂，萱草就种在北堂台阶下的小花园中。哪里可以找得到忘忧草？把它种在北堂的台阶下。"愿言思伯"，念念不忘地想念州伯，"使我心痗（mèi）"，"痗"可以翻译为忧伤或病，让我的内心忧闷成病，思念成疾。

·读懂中华文化　构建中国心灵·
华夏道善人与经典文库

易经日讲（上中下）	爱新觉罗·毓鋆
老子日讲	爱新觉罗·毓鋆
庄子日讲	爱新觉罗·毓鋆
易传日讲	爱新觉罗·毓鋆
人物志日讲	爱新觉罗·毓鋆
孙子兵法日讲	爱新觉罗·毓鋆
荀子日讲	爱新觉罗·毓鋆
庄子的读法	吴怡
碧岩录的读法	吴怡
坛经的读法	吴怡
中国哲学史	吴怡
周易妙用今讲	吴怡
人物志的读法	刘君祖
系辞传全译全解	刘君祖
春秋繁露的读法（上下）	刘君祖
论语大义（上下）	辛意云
大学的读法（上下）	林世奇
礼记的读法	林素玟
诗经的读法	刘龙勋
孟子的读法	袁保新
红楼梦的读法	叶思芬
易经与中医学	黄绍祖
细说黄帝内经	徐芹庭
用得上的大学智慧	文运
道德经的修心课	文运
心经的修心课	文运